愛と忘却の日々

燃え殻

新潮社

目次

装画・挿画――――大橋裕之

装幀・ブックデザイン――熊谷菜生

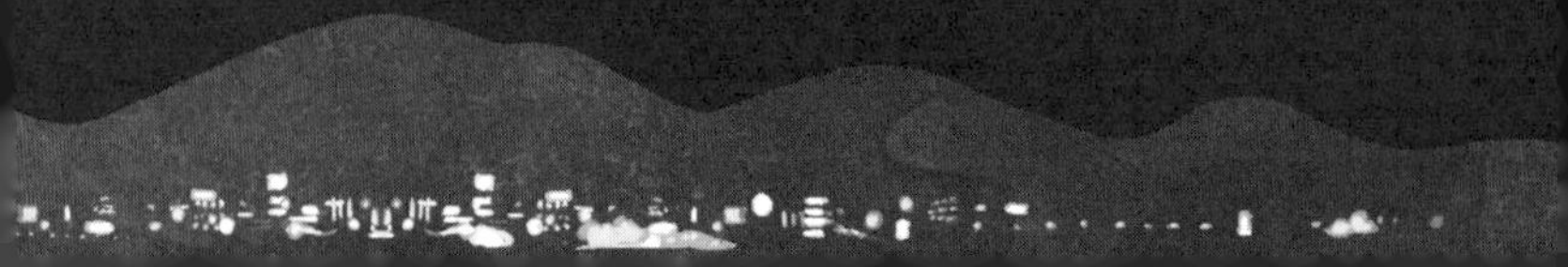

愛と忘却の日々

余裕がないのだ。夢中なのだ。

僕のラジオ番組に届くメールの中に「生きる意味ってなんですか?」という内容のものが、週に二、三通くらいはある。

「生きる意味ってなんですか?」

誰もが一度は声に出したことがありそうな日本語だ。そして誰しも明確な答えを見出していないようなテーマでもある気がする。

ディレクターが「あー、これまた届いてますね」と、そういうメールは基本採用しない。番組をこれ以上暗くしたくないのだと思う(もう十分すぎるほどJ-WAVEの中では暗いので)。

ただ、そのようなメールが届くたび、僕は「うーん」とスタジオの中で唸ってしまう。僕もそんなことを日々考えていた時期があったからだ。

その時期は自分にとって、先行き不安で仕事が決まらず、時間だけは掃いて捨ててもまだあって、悩みたい放題の時期だった。同じような境遇の友人に「俺たち、なんのために生きてるんだろう?」などと酔うたびに話していた気がする。もちろんそのときも答えは出なかった。

それでいて、テレビから流れる戦争や天災のニュースを観ると、自分が当事者でなく、生きていられてよかった、と勝手にホッとしたりしていた。間違いなく、人生その場足踏みの時期だった。

それからずいぶんと時間が流れて、僕はすっかり「なんのために生きてるんだろう?」と考えなくなった。たしかな答えが出たわけではない。その問いをいま投げかけられたら「ごめん、仕事が詰まってるから後にして」と言ってしまいそうだ。余裕がないのだ。夢中なのだ。つらいが、どこか楽しいのだ。

お金はもちろん欲しいが、それだけでやっていくには効率が悪すぎる仕事に現在、ほとんどの時間を費やしている。知り合いからたまに、女の子をお店でナンパしたとか、タワマン買おうか借りようか迷っている、みたいな話をされると、人間ができていないので心が揺れる。揺れるどころか、つくづく自分は損しているなあ、と考え込んでしまう。

でも辞められないのだ。「辞めろ」と言われたら辞めるしかない商売だからというのもあるが、やっぱりどこか夢中になって、楽しんでいる節がある。

ちょっと前になるが、たまたま打ち合わせをしていたカフェで、WBCの決勝戦がテレビから流れていた。カフェにいた客は誰もが夢中になり、一挙手一投足に歓声が上がる。僕も思わず「打て！　打て！」などと声が漏れてしまった。ゲームセットの瞬間は、知らない若い男とハイタッチまでしていた。気づくと店中が、WBCの決勝戦に夢中になっていたのだ。

あの瞬間、あの試合を観ていた世界中のほとんどの人が「野球ってなんだろう？」とか「生きるってなんだろう？」などということを考えなかったと思う。もし聞かれたら「ごめん、いま大谷の打席だから、その質問、後にして！」で片付けたはずだ。

ちなみに僕と打ち合わせをしていた編集者が「三回振ったらアウトって誰が決めたんですかね？」と大谷の打席のときに聞いてきたので、「静かに！」と返してしまった。

生きる意味を探すより、夢中になって楽しめるなにかと出会うことのほうが、人生の醍醐味な気がしてならない。

頑なに働かない友人

原稿を書いているとたまに、「クーン」と壁越しに犬の鳴き声が聞こえてくることがある。僕がいま住んでいる物件はペット不可だが、たぶん隣りの部屋の住人が黙って飼っているのだと思う。

昨日、昼頃から原稿を書き始め、気づいたら陽が暮れていて、食事をすることもなく一日が終わってしまった。隣りがどんな生活をしているか、本当のところは知らないが、犬の一匹でもいてくれたら、どんなに心安らぐだろうと思った。

高円寺の風呂なしアパートに住む、頑なに働かない友人がいる。彼はこの三十年近く、数えるほどしか働いていない。家賃や食費に困っても、バイトをす

る気配すらほとんど見せない。たまに興味本位で、食料などを手土産に様子を窺いに行くことがある。

　先日も半年ぶりくらいに立ち寄ってみると、万年こたつにどっかり座った彼が、「まいど！」と、こちらに手をビシッと挙げて歓迎してくれた。そして彼の周りをせわしなく柴犬が走り回っていた。働きもしないのに、彼は柴犬を飼っている。彼に手土産の食料を渡し、僕はこたつに足を入れる。

するると、「先週のエッセイ、良かったわ」と彼が言う。「えっ！　読んでくれてるの？」と僕がぬか喜びをすると、「たまにはコンビニで立ち読みでもしないと、社会から遅れてしまうからな」と、本当にぬか喜びだったことに気づかされる。その間も、柴犬は僕らの周りを飽きずにぐるぐると走り回っていた。

「気にするな」と彼に先手を打たれ、僕は柴犬を目で追うのをやめた。

　そこからしばらくお互いの近況を話し、何年も積まれたままの古雑誌や文庫本を、パラパラとめくったりしていると、「そろそろ帰ってくれ」と突然言われた。そんなことを言われたことがなかったので、「なにか用事でもあるのか？」と尋ねるが、はぐらかすだけでまともに取り合わない。ただただ「帰れ」と何度も言う。

「わかった、わかった」と僕が帰り支度を始めると、ガチャッと鍵のかかっていない玄関のドアが開く。そして、背の高い綺麗な女性が「アイス、箱で買ってきたよ〜」と言いながら入ってきた。

呆然と立ち尽くしたままの僕は、アイスの箱が入ったビニール袋を持った女性と思いっきり目があってしまった。「気にするな」と、また彼に先手を打たれ、僕は女性に頭を下げて、そそくさと玄関を出て行った。

高円寺の頑なに働かない友人を半分冷やかしに行ったつもりが、柴犬はいるわ、アイスを箱で買ってきてくれる綺麗な女性はいるわで、コールドゲームをされた気分で、駅までの道を無言でずんずん歩いた。

今朝もまた、原稿を書いていると「ク〜ン」と壁越しに犬の鳴き声が聞こえてきた。気づいたら今日も陽が暮れて、食事をすることもなく一日が終わってしまうかもしれない。そう思った次の瞬間、スマートフォンが鳴る。知らない番号からだった。出てみると、高円寺に住む、あの友人の声。

「こっちの番号も俺だからよろしく」とのこと。「なんで無職がスマートフォン二台持ちなんだよ！」と突っ込みたかったが、「気にするな」が待っているので、「そうか」とだけ答えた。

結局、彼女は畳に告白した

「じゃあ、二軒目は俺の知ってる店に」

そう言って、某会社社長は松濤《しょうとう》辺りにある隠れ家バーに僕を案内してくれた。僕の仕事場は渋谷の道玄坂近くにある。松濤辺りの店なら入ったことはなくても、徒歩圏内で歩いて回ったことがあるのに、その店は「こんなところに店があるのか！」というレベルで目に入らなかった。それどころか、その某会社社長は都内の主な繁華街ごとに、そういうとっておきの隠れすぎている店を一、二軒は常にキープしていると豪語していた。

次の日、いつもの串カツ屋でライターの女性に、昨日の隠れすぎている隠れ家バーと某会社社長の話をすると、「そういう男が一番キモいわあ」とウイン

ナー揚げを頬張りながら言う。「絶対、季節で香水替えてますよ」と彼女はつづける。「人からいつも羨望の目で見られてないと死ぬタイプのキモ男ですわ」と。

そんな男に対する何かしらの個人的な恨みが彼女にあるだろうことは間違いないが、僕が思っていたモヤモヤを見事に言語化してくれた気がした。

昔、スーパーマーケットでアルバイトをしていたとき、誰がいつ見ても美女という同僚がいた。彼女は強いて言えば内田有紀に似ていた。アルバイト仲間はもちろん、買い物に来たお客さん数人も恋に落ち、ストーカーまで出る始末だった。

ある日のバイト終わり、僕は休憩室でたまたま彼女とふたりきりになる。そのとき彼女が「あのさ、〇〇さんって付き合ってる人いるの？」と訊く。

〇〇はバイトの同僚で、決してモテるタイプではない。強いて言えば畳に似ていた。「畳に似ている人間なんているのか？」と思われそうだが、会った人は皆、「たしかに畳だった」と納得するので、間違いないと思ってほしい。彼女はグミを頬張りながら、「映画、誘ってみようかな」とぼんやり言う。

「なんで？」

僕は語気を強めて彼女に問う。「なんでって、興味あるから」と内田有紀（似）は笑った。

「あいつ畳に似てない？」

僕が半分茶化しながらそう言うと、「畳？　顔が四角いから似てるかもね。畳かあ、いい匂いしそう」とまたグミを頬張り、窓の外を眺めた。彼女の横顔の美しさと自分の幼稚さで、僕はそこから言葉が出てこなかった。

結局、彼女は畳に告白した。そして畳は彼女を振る。理由は未だ不明だ。振ったという噂が、アルバイト仲間全員に知れ渡った頃、また休憩室で彼女とふたりきりになることがあった。

彼女はポリポリとクッキーか何かを食べながら、「私さ、生まれてからずっと、みんなに好かれたかったのかも。親に褒められたかったし、クラスの人気者になりたかったのかも……」と窓の外を見ながら言った。僕は何も返すことができない。「店の外に灰皿あるじゃん。彼さ、誰に言われたわけでもないのに、毎日掃除してんだよ」と彼女。「彼のこと好きになった自分のことが、ひさびさに好きだった」と彼女は笑った。

そのとき休憩室のドアが開いて、パートのおばさんたちがガヤガヤと入ってきた。彼女の精一杯の言語化は、いまでもたまに古傷のように僕の中で鳴り響く。

「おっぱい、足りてる？」

「おっぱい、足りてる？」

六本木の繁華街からちょっと外れたところで、キャッチの男から元気にそう声をかけられた。コロナ禍が無理やりひと段落つかされ、街が再稼働しつつある中、キャッチの男たちもまた、街に戻ってきたみたいだ。

僕は久しぶりに徹夜で原稿を書いて、それが書き直しを命じられるという事態に陥り、全身で「焦ってます！」というメッセージを発信しながら、六本木の路地をガツガツ歩いていた。原稿ができなくても、ラジオの収録には行かなくてはいけない。なんなら原稿もラジオもやって、さらにもう一本なにかで稼がないと生活が安定しない。そんな現実があるのに、最初の原稿の時点ですで

に行き詰まってしまっていた。

「おっぱい、足りてる？」

そう聞いてきたキャッチの男は、コロナ禍に陥る前、六本木の道沿いで何度か声をかけてきて顔見知りになっていた。

「足りてないけど、揉む余裕がないんです……」と、思わず怒りと哀しみの間くらいのテンションで、男に無駄に心情を吐露してしまう。男は柄にもなく心配をしてくれ、「顔色、真っ白ですけど大丈夫っすか？」と優しく言葉をかけてくれる。

「まったく寝てないんです」

歩きながら、僕はかかりつけの医者に症状を訴えるかのごとく返す。

「マジっすか……。ちゃんと休んでくださいよ。俺も一回コロナになってから、なんだかずっと体調悪くて……」と、お互い健康第一でいこうねくらいの話でまとまり、横断歩道を渡る頃には、ＬＩＮＥアドレスを交換するまでの仲になっていた。大都会の片隅にはまだこんな交流が残っていたのかと感慨に耽りながら、僕はJ－WAVEがある六本木ヒルズに向かった。

昔、工場でアルバイトをしていた頃、同年代で新興宗教とマルチ商法の両方に同じタイミングで引っかかっている男がいた。生き馬の目を抜く大都会東京で生きていくにはピュアすぎる人だったが、こちらを無理やり勧誘してくるわけでもないので、普通に仲良くしていた。

ただ、朝出勤してロッカールームで会うと「お金貸してくれない？」と決まってお願いしてくるのが面倒だった。おはようの挨拶と同じテンションでお金を借りようとする、図々しさも持ち合わせたピュアネスだった。僕は毎朝、「無理っす」と短く返していた。すると彼は「ウッス！」と元気に笑って、「昨日のドラマ観た？」と普通の雑談が始まる。これが工場に勤めていた頃の僕たちのモーニングルーティーンだった。

僕が工場を辞める日、そのピュアネスな男は花屋で小さな花束を買ってきて、プレゼントしてくれた。そして「コホン」と咳払いを一つしてから、「お金貸してくれない？」と改まって言った。僕はヘッドロックをかけて、さよならを告げたあと、千円貸した気がする。もう二十五年以上前の話だ。

Ｊ－ＷＡＶＥの収録が無事に終わって仕事場に戻るタクシーの中、あのキャッチの男からＬＩＮＥが一件届いている。なかなか気遣いができる男だなあと、感心しながらＬＩＮＥを開くと、「おっぱい、足りてる？」の一行だけが送られてきていた。僕は静かに既読して、その日、朝方まで原稿を書いた。

＊この「おっぱい、足りてる？」は日本文藝家協会編纂「ベスト・エッセイ ２０２４」に選出されました。編纂委員は角田光代、林真理子、藤沢周、堀江敏幸、町田康、三浦しをんの六氏でした（編集部）。

おっぱいブザー
大橋裕之
小学校一年の頃
父と母が東京か名古屋（幼い頃の
私にすれば似たようなもの）で
お土産を買ってきてくれた
なぜか父と母は
ニヤニヤしていた
イヤな予感は
的中した
箱を開けると
中身は
おっぱいブザーだった

おっぱい全体がゴム製で
乳首を押すと振動して
ブザーが鳴った
音は「ジリリリ」だったのか
「ブー」だったのかは覚えていない
なぜなら恥ずかしすぎて
すぐに机の奥に隠して
しまったからだ(一応お土産
なので無下にはできない)
父と母は私が
面白がるからという理由
なのかリアルなウンコの
おもちゃを買ってきたことも
あった
一見チョコが入ってそうな缶
中身はリアルなウンコ
兄には普通のお土産
だったのになぜオレには
おっぱいやウンコなのか
イカれてるな
兄の友達に
「アイツはおっぱいを持っている」
というウワサが広まった時は
さすがに両親にブチぎれた
ことがあった
なんであんなもん買ってきた!?
ハハハ
その後壊れたおっぱいは
捨ててしまったが
取っておけばよかったと後悔
している(ウンコは今もある)
検索しても
何も出てこない「おっぱいブザー」
たぶん海外製
今もあの感触は忘れない
情報求ム

いやらしくて美しい瞬間

満員電車の日比谷線でSNSを開くと、どぎついエロ画像を友人のアカウントがリツイートしていて、急いでスマートフォンを閉じた。いまの時代、ネットを開けば、エロは溢れている。

僕の青少年時代にはまだネットが存在していなかったので、エロは身近ではなかった。ドブ川の橋の下、古いアパートのゴミ捨て場などにひっそりとエロは息を潜めていた（それはエロ本です）。

いまでは、大通りをエロが闊歩しているかのような印象を受けるくらい、どこでもすぐ手に入る。「お前がフォローしているアカウントがエロいだけだろ」と言われたら、返す言葉もないが、それは言わないで話を進めていきたい。

高校を卒業し、車の免許を取得したあと、ワゴン車で友達と北海道を一周した。貧乏旅行だったので、すべて車中泊だった。北海道は、無料キャンプ場や、無料の露天風呂が各地に点在していて、貧乏旅行に優しい土地だ。

事件は旅行の中盤、富良野の近くに立ち寄ったときに起きた。深夜、無料の露天風呂がある施設の駐車場に僕たちは車を停めた。駐車場には僕たちの他に、もう一台だけ車が停まっている。静まり返った森の麓に、その無料の露天風呂はあった。すのこに、たくさんの蛾の死骸が落ちていたのを憶えている。

大きな露天風呂には、僕と友人以外に、中年の男女が先に入っていた。「もう一台の車の人だよね」と友人がヒソヒソ声で僕に言う。露天風呂は異様なほど暗くて、最初は男女の顔かたちがハッキリとは見えなかった。それがしばらくすると目が慣れてきて、彼らの姿がぼんやりとだが見えてくる。

男のほうは、お世辞にも整っているとは言い難い容姿をしていたが、筋肉隆々なことはすぐにわかった。女のほうは、胸あたりまで伸びた長い黒髪で、細身で美しく見えた。ふたりは静かに露天風呂の隅のほうに浸かっている。

友達も彼らのことが気になっているのはわかっていたが、お互いくだらない話などをして、彼らについて触れないことが、大人な気がしていた。

「ザザーッ」と音を立て、彼らふたりは露天風呂を先に上がっていく。僕と友達は思わず無言になり、横目で彼らのことを確認してしまう。

それからしばらくして、僕らも風呂から上がり、ワゴン車に戻った。鬱蒼とした森が、静か過ぎて怖い夜だった。寂しい灯りがポツポツとあるだけの広い駐車場に車が二台。僕たちの右前方に、先ほどのふたりの乗った軽自動車が見えた。

軽自動車の車内ライトが点灯していて、内部の様子がうかがえる。

男が女の濡れた長い髪を、バスタオルで丁寧に拭いていた。僕はその光景から、目が離せなくなった。隣りで見ていた友達も無言になっている。男は黙々と女の濡れた髪を拭いていた。女もそれが当たり前のように、首を男のほうに傾《かし》げ、目を閉じていた。

大通りをエロが闊歩しているような時代に、薄明かりの下で起きた些細な瞬間を持ち出すのもどうかと思うが、その光景は僕が知っているどんな過激な映像よりも、いやらしくて美しい瞬間だった。

「ラムちゃん、ひと筋でいく」

先日、渋谷のカフェで原稿を書いていると、怪しい勧誘の場面に遭遇した。女は自分が綺麗だと100％わかって生きているタイプ。その向かいに座る男は、蛇に睨まれた蛙といった感じだった。つまり男はカモだ。

女は「最近、カフェでネットワークビジネスの勧誘とか多いから、怖いですよね～」と笑う。100％カモは「怖いっすね」と媚びを売るようにそれに答えた。そして、「じゃ、早速なんですけど……」と、女はネットワークビジネスの勧誘をはじめた。斬新だ（感心している場合じゃない）。僕がそのカフェにいる間だけでも、女は同じ席に座ったまま、カモが三人入れ替わり立ち替わり現れては消えた。

その様子を見ながら、僕は友人の話を思い出していた。彼は今年五十歳になる身ながら、しっかりセクシーパブにハマっている。営業職で、数字さえ出せば、時間は融通がきくという特権を生かし、昼間からセクシーパブに通うようになったらしい。

するとほどなくして、数字は下降し始める。会社から数字に関してかなり絞られ、奥さんからも三行半《みくだりはん》を突きつけられたという。その上で、彼は改めて僕に誓った。「これを機に、ラムちゃん、ひと筋でいくことに決めたよ」と神妙な声で言ったのだ。

ラムちゃんとは、セクシーパブで彼がアホほど指名している贔屓《ひいき》の女の子の源氏名だ。彼はまるで、スパイが極秘事項を打ち明けるかのように「このあいだ、ラム（呼び捨て！）に確認したら、俺のこと本気だって言うんだよ」と自慢する。想像以上に重症だ。

「いやいや、それはそういう仕事だからさ」と当たり前のことを返すと、「お前は女のことがわかってない」と切り捨てられる。「彼女はさ、薄着になって

（セクシーパブだからな！）、俺の目をジッと見て言うんだよ……」ともったいぶる。「なんて？」仕方がないので興味ありげに促す。

「こういう店の女の子ってお客さんのこと『諭吉』としか思ってないけど、私は違うから！ってさ」

誇らしげな答えに倍、腹が立った。「そういうのを『営業トーク』と言うんじゃないか？」と問い質したかったが、また「わかってない」扱いされそうで、押し黙ることにした。

彼はそれ以後も会社の経費と小遣いをフル活用して、同伴とアフターを繰り返している。

ネットワークビジネスの女も、巧みに色恋を営業トークに混ぜていた。「私、もし結婚するなら、こういう副業をしっかりやっている人がいいかもなあ」なんて一文をさりげなく雑談の中に入れていた。

「恋に落ちるのは交通事故のようなもので防ぎようがない」と語っていたのは誰だっただろう。ただ、向こうが当たり屋の交通事故の場合は、ちょっと話が変わってくる。生きていると、煽り運転のように、人の人生に強引に踏み込んでくる輩《やから》に遭遇してしまうことがある。そういう輩たちは誰よりも先に「世の中、変な人がいっぱいいるから、気をつけてください」なんて枕から話し始める。前後左右に注意して、安全運転で行きましょう。

渋谷路上飲み狂騒曲

コンビニの前での路上飲みが日常化したのは、コロナ禍が生んだ負の遺産の一つかもしれない。

渋谷のとある坂近くにあるコンビニの前は、深夜になると多くの若者でごった返している。仕事場がすぐ近くなので、朝、辺りを通ると、ゴミが散らかり、泥酔した若い男女が行き倒れのような状態になっていることもしばしばだ。

先週、打ち合わせが終わって、そのとある坂を上がっていたとき、一日なにも口に入れていなかったことに気づいた。ほとんどの店が閉まっていて、真ん前が若者でごった返しているコンビニに、仕方なく立ち寄ることにした。

路上でスケボーをやるツワモノ、あぐらをかいてストロングゼロを一気飲み

している若い女性たちの集団もいた。その夜もゴッサムシティは健在だった。

僕はおにぎりとホットのほうじ茶のペットボトルをレジに持っていく。そこで支払いをしようと財布を探すが見当たらない。ジャケットのポケットから、リュックの中まで探すが、見つけることができない。財布を落としてしまった。坂のふもとの薬局で、胃薬を買ったときまではあったので、途中で落としたことは確定だ。僕は急いで警察に向かうため、コンビニを出た。

外は相変わらずのゴッサムシティ。よりによって、こんな治安の悪いところで財布を落としてしまった自分を恨んだ。気落ちしながら交番に着くと、交番の中も若者たちで賑わっている。その光景を見て、さらに鬱々としながら僕は外に立っていた警察官に財布を落としたことを告げた。警察官に促され、交番の中に入ると、四、五人の若者たちが大騒ぎをしている。「だから、いまさっき言ったじゃん！　あの薬局の前だって！」とガヤガヤとうるさい。

「黒い財布なんですけど……」と、遺失届を持ってきた警察官に僕は絶望感たっぷりに伝えた。すると、すぐ横で大騒ぎしていた若者たちが一瞬静かになった。

「黄色いお守りは？」

その中の一人が僕に問う。「川崎大師の黄色いお守り……？」と僕は返す。

「そう！『川崎大師』って書いてあった！」と言って、彼らはハイタッチを始めた。

「お兄さん、いま俺ら、それを届けた」と首元に大胆な蜘蛛のタトゥーが入った若い男が、笑いながら僕の肩をポンポンと叩いた。これ以上ないくらいミニのスカートの若い女性も「徳、積んだんじゃね？」とゲラゲラ笑う。

「ツイてたねえ」と警察官が、彼らが持ってきた財布を僕に渡してくれた。彼らに強制的にハイタッチをねだられ、柄にもなく付き合いながら、彼らへの過剰な偏見を持っていた自分を反省した。

その後も、とある坂近くのコンビニの前は、深夜になると大騒ぎがつづいている。その部分はどう考えても、その前を通る人たちや近隣の住民にとって、迷惑千万であることは変わらない。

昨日、コンビニの前の路上の片隅に、花束がたくさん置かれていた。酔った若者が、深夜に交通事故に遭ったことを、コンビニの店員から聞いた。交番でハイタッチを繰り返していた彼らの顔が、一瞬だけ頭をよぎった。

「寝るときは、これじゃないと」

高田馬場の中華料理屋で、油まみれのテレビから賑やかな声が聞こえていた。

「このぬいぐるみと一緒じゃないと眠れないんです」と年季の入ったスヌーピーのぬいぐるみを抱くアイドルの女の子が映っていた。ベッドの上に座って、大事そうにスヌーピーのぬいぐるみを抱きしめる彼女を、スタジオの芸能人たちが手を叩いて笑っている。

「そんなこと、ねーよ」

そう吐き捨てたのは、僕のレバニラ炒めを作っている最中の店主だった。ランチの時間が終わりかけていて、客は僕ひとりだった。ぼんやり番組を観ながら、いつか行った温泉旅行のことを、僕は思い出していた。

「このまま温泉旅行にでも行きますか」

散々温泉に行きたいとボヤきながら打ち合わせをしていたら、制作会社の女性から突然そんな提案をされた。まだテレビ業界にいた頃の話だ。

信じられないくらい、お互いスケジュールが拘束されていて、精神的に参っていた。「あー、いいですね」と僕もその色っぽい提案に乗ってしまう。別日に改めて現地集合で、という話になった。

そして当日、宿に先に着いたのは僕のほうだった。部屋には小さな露天風呂が付いている。彼女から、「ごめんなさい！　遅くなります」というメールが届く。「了解です」とだけ返して、僕は露天風呂にざぶんと入った。露天風呂に寝そべるように入っていると、遠くで鳥の鳴き声が聞こえてくる。これ以上の心地良さはないような気がした。

ウトウトしてしまい、一度風呂から出て、畳の上に座布団を二つ折りにして眠ってみる。しばらくすると、足のほうから冷たくなってきて、また露天風呂にどぼんと入る。そんなことをしているうちに、夕飯の時間になった。

料理が半分くらい出てきたところで、彼女がやっと到着した。改めて瓶ビールを一本頼み、彼女の仕事の愚痴を一から聞く。愚痴を聞きながら、今日このあとの出来事を、僕はモヤモヤと想像していた。食堂から部屋に戻ると、ぴっちり布団が並んで敷いてあった。さてどうしようか、と空々しく僕が尋ねると、「とりあえず露天風呂に入っていいですか？」とはぐらかされてしまう。

彼女が露天風呂を楽しんでいるあいだに、僕は畳の上でまた眠ってしまっていた。夢を見て、ふと物音で目を覚ます。そのとき、彼女は浴衣をだらしなく羽織って、自分のカバンの中をゴソゴソとやっている真っ最中だった。「ちょっと先に言っておきたいことがあって……」と彼女は浴衣の前を揃える。僕も着崩れた浴衣を直しながら、その場で正座をしてみた。

彼女は、「これなんですけど……」と言って、カバンからやけに年季の入ったあずき色のジャージの上下を取り出した。

「これ、高校のときの学校指定のジャージなんです」

彼女が手に持ったジャージの胸元には、彼女の苗字が刺繍されている。

「言いづらいんですけど、寝るときは、これじゃないと無理で」と彼女は恥ずかしそうに笑った。

高田馬場の中華料理屋で、あのときの彼女のジャージ姿を思い出しながら、レバニラ炒めを瓶ビールで流し込んだ。

「無駄太郎」の時代は終った

全員でカニを食べているかのような会議というのが昔あった。

その会議では、二十人も会議室にいるのに、誰一人言葉を発しない。

それはいまから十年前、僕がまだゴリゴリにテレビの仕事をしていた時代のことだ。会議室は静まり返り、誰からも声が上がらない。プロデューサーは考え始めると、とにかく石のようになる。頬杖をついたまま、息をしているか確認したくなるほど、微動だにしなくなる。そうなるとこちらとしてはもう待つしかない。

誰かが発言しても、何も返ってこない。だから、誰も何も言わなくなる。誰かが席を立つと、石と化したプロデューサーはその瞬間、「立つなーっ！」と

一喝してくる。つまり出席者全員が一緒に石像になるしかなかった。ノートパソコンは持ち込み禁止だったので、会議中、ネットサーフィンをするわけにもいかない。

仕方がないので、前に食べて美味かった炒飯のことを思い出したり、窓の外の雲が何に見えるかぼんやり考えたりするしかなかった。大昔の人もひょっとすると暇すぎて、夜空を見ながら「あの辺りの星をつなげると、蠍《さそり》っぽくね？」とかやって新しい星座を見つけたのだろうか。違うと思うが、そんなことも頭をよぎるほど、その時間はぼんやりするしかなかった。

三時間くらいまったく誰も言葉を発しないこともあった。映画『タイタニック』が三時間とちょっとだった。あれを観たとき、感動はしたが、それ以上に「長いよ、ディカプリオ」と言いたくなった。ディカプリオからしたら、「キャメロンに言ってくれ」という話だが、とにかくそれくらい長い無言会議をあの時代、毎週のようにやっていた。

先日、「人生に無駄な時間はない」といった内容の指南書を、知り合いが書いて、献本してくれた。献本してくれたその著者に、往復ビンタを食らわすようなことを言ってしまうが、少なくともあの時代には無駄が溢れていた。そして無駄を固めて固めてできあがった無駄太郎が僕だ。無駄次郎や無駄美ちゃんもいたし、無駄三郎の友人もいた。

「石像会議」と僕が名付けていた、出席者が石化する無言の会議は、テレビ業界が本格的な不況になったとき、「その会議、無駄だからやめろ」と主催者のプロデューサーが勤める局の上層部から正式に無駄認定され、あっさり終了した。

やはりあの会議は、無駄を固めて固めてできた無駄太郎だったのだ。

石像会議に出席していたデザイナーと、たまに赤坂のスターバックスで会い、ふたりしてコーヒーを片手に固まって見せ、石像会議を思い出すのがいまのお約束だ。

そのデザイナーはこのあいだ、とある大御所放送作家に呼ばれて参加した打ち合わせが、石像会議だったと教えてくれた。始まって石化していると、若い現場スタッフが「空気が重いんで、いったん休憩しませんか?」と提案し、「よくぞ言った!」と無言の賞讃と賛同を得て、本当に休憩に入ったらしい。

無駄を固めて固めてできあがった「無駄太郎」の時代は終ったのだ。限りある時間を、石に付き合って、一緒に石化するのは、ただの無駄太郎だと、石に直接言える時代がやっと来たのだ。

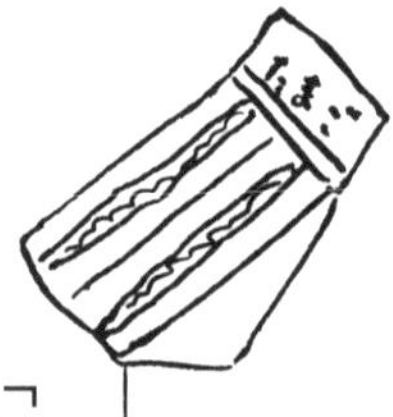

「おい、まだ帰らないのか?」

今朝、洗面台の鏡に近づいて、自分の顔をまじまじと眺めてみたら、昨日までなかったはずのところにシミができていた。昨日からあったのかもしれないが、気づいたのは今朝だった。

その前の日には、風呂から出たら、左肩辺りに「何毛のつもりですか?」と質問したくなるようなヨレヨレの長い毛が一本、ピョロ～ンと生えているのも発見した。いつから生えていたのだろうか。

五十を目前にして、すっかり身体がいい加減になってきた。身体のそこいらじゅうにバグのような、三、四十代にはなかった異変が後を絶たない。

新しく現れたシミには、懐かしさを覚えた。亡くなった父方の祖父にも、同じ箇所にシミがあったからだ。さらに枕からも嗅ぎ覚えのある匂いが最近するようになった。その匂いもまた、父方の祖父の匂いだった。

次から次に身体に現れるバグが、なぜ母方ではなく父方の、それも祖母ではなく、祖父一辺倒なのかは謎だが、僕は昔から、その祖父の血を濃く継いでいる気がしていた。

祖母は早くに亡くなってしまい、祖父は二十年近く静岡沼津で一人暮らしをしていた。口下手で近所づき合いをしない人だった。若い頃になんの仕事をしていたのか、祖父も父も言葉を濁して教えてくれなかった。きっと働くことが、あまり好きではなかったのだろう。

僕は、祖父の社会に背を向けて生きる感じが嫌いではなかった。

二カ月に一度くらいは、一人暮らしをしていた祖父の家に顔を出した。僕が行くと、最初は「おお、よく来た!」とさすがに喜んでくれる。お茶を淹れてくれて、僕のどうでもいい近況に「ほお〜」なんて微笑みながら関心を示してくれる。

しかし、しばらくすると祖父の反応は薄くなり、黙ってしまう。そして一時間半くらいで、「おい、まだ帰らないのか？」と僕に訊く。きっと、人と長い時間一緒にいることができない人だったんだと思う。

「わかった、帰るよ」と僕が帰り支度を始めると、祖父は安堵の表情を浮かべ、「気をつけて帰るんだぞ」とまた笑顔に戻る。

これがほぼ毎回、繰り返された。ただ、祖父が体調を崩し、最後に僕が顔を出したときだけは違った。

いつも通り一時間半くらい経ったところで祖父は、「おい、まだ帰らないのか？」と言い出した。「帰るね。体調、気をつけてよ」と言って、僕は玄関に向かう。すると「これ、新幹線の中で食べなさい」と、あらかじめコンビニで買っておいてくれたであろうタマゴサンドと紙パックの牛乳を僕に手渡した。

そんなやりとりは祖父と孫のあいだでは、よくあることなのかもしれない。ただ、それは祖父の中では最大限に社交性を発揮して、僕に感謝の気持ちを示してくれた最上級の行為なんだと、帰りの新幹線の車中でタマゴサンドを牛乳で流し込んでいて気がついた。僕は思わず泣いていた。

「栄養をつけなさい」と祖父は手渡すとき、ポツリと僕に言った。

洗面台の鏡に近づいて、僕はもう一度できたばかりのシミをまじまじと確かめながら、祖父のこわばったあの日の笑顔を思い出していた。

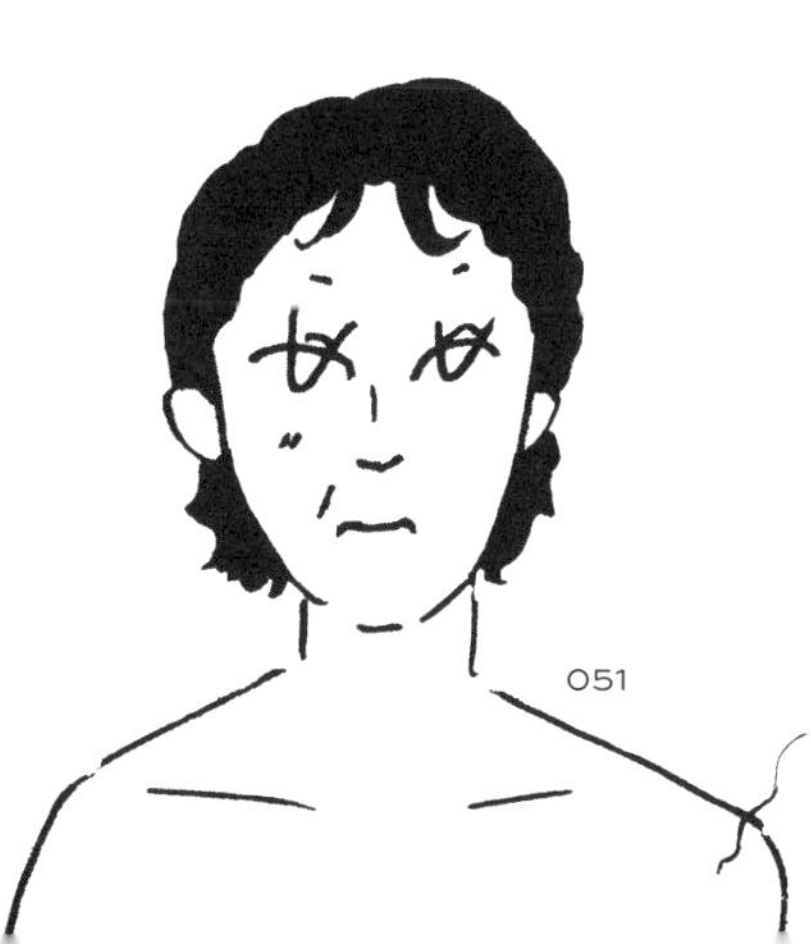

「ああ、帰りたい」

昨日、とあるミュージシャンのライブを観に行ったとき、「ああ、帰りたい」という気持ちが、ふつふつと湧き上がってきてしまった。「ああ、帰りたい」と心の底から思っていたのは、おそらくその会場の観客の中でひとりだけだったと思う。

別にライブがつまらなかったというわけではない。なんなら数週間前から心待ちにしていたライブだった。実際、ライブはとても楽しかった。それなのに三十分も経たないうちに「あと一時間半くらいあるなあ」という思いが頭をよぎってしまった。

昔からそうだった。楽しみにしていた修学旅行。前日に何度も荷物の中身をたしかめるくらい心待ちにしていたというのに、当日、京都に向かっている新幹線の中で、「ああ、帰りたい」と強烈に思っていた。

土壇場でそういう気持ちになってしまう知り合いを、ふたり知っている。ひとりは広告代理店につとめるクリエイターの男だ。彼の仕事はとにかく海外ロケが多い。一年の半分は大げさでなく、海外に行っているはずだ。彼も毎回行く直前になると、仮病を考えるほど鬱々とするらしい。それも十五年間ずっとそう感じながらつづけてきたという。そこまで鬱々としながら、彼はしっかり広告の仕事をこなし、いくつもの賞を受賞している。ただ、晴々しい賞の授賞式にも、登壇するタイミングで「ああ、帰りたい」としみじみ思っていると教えてくれた。

彼曰く「頭の中で考えているときはひとりだから楽しめるが、実際は多くの人と関わることになるので、細々とした気疲れにやられてしまって、帰りたくなるのかも」とのこと。それも一理あるかもしれない。

もうひとりの「ああ、帰りたい」同盟の男はミュージシャンだ。彼は子どもの頃からの夢を叶え、プロのミュージシャンになった。だというのに、ステージにあがる直前、「ああ、帰りたい」と必ず強く思うらしい。

もちろん自分のライブで、前日は気持ちが高ぶって眠れないほどだという。しかし直前になると、どうしてもダメらしい。

「よし！」でスイッチが入るんです、とよくプロフェッショナルな人は口にするけれど、僕はそういうスイッチが入ったことが一度もない。常にスイッチはガバガバで、オンもオフもあったもんじゃない。

そんな状態で時間だけは進んでいくので、常に漏電気味だ。これはもう、そういう性分としか言いようがない。僕は常に「ああ、帰りたい」という気持ちとともに、映画やライブを観に行ったり、旅行をしたりしている。

昨日観たのは、いつでも必ず「ああ、帰りたい」と思ってしまうミュージシャンのライブだった。ライブハウスは、彼の登場を待つファンで異様な熱気に包まれ、満員御礼だ。電気が一度消える。ギターがかき鳴らされる。激しく点滅を繰り返す照明の光。オーディエンスが両手を挙げた。

そのとき、おそらくこの会場の観客の中でひとり、僕だけが「ああ、帰りたい」としみじみ思っていた。そしてステージ上でもうひとり、ギターをかき鳴らしている彼もまた、ついさっき「ああ、帰りたい」としみじみ思ったということを、僕だけが知っていた。

「ねー、もう寝た?」

「ねー、もう寝た?」

そう声をかけたときのことを憶えている。小学校の修学旅行の夜、僕たちは栃木県の日光を巡ることになっていた。日光東照宮にいろは坂、なぜか蕎麦作り体験もした気がする。

友人たちと泊まるあの夜の高揚感は、いまでも忘れることができない。古い旅館の大浴場は素っ気なく、天井も床のタイルも黒いカビがそこいら中に見てとれた。それでも何もかもが楽しくて、みんなやたらとはしゃいでいた。

入浴後、お土産を買う時間が設けられ、クラスごとに旅館の狭いお土産売り場で買い物をした。風呂上がりで髪がまだ濡れたままの女子のパジャマ姿にド

キドキしてしまったが、それもまた懐かしい。

一部屋に六人、同じ部屋だった友人が、パジャマのズボンの中に大浴場からくすねてきたタオルを何枚も突っ込んでいく。みるみる股間の部分がタオルで膨らむ。「何しているの？」と僕が聞くと、「これはここだけの話にしてくれ。俺はおねしょをしがちだ」と真剣な顔で告げられた。

僕も「ここだけの話だけど、しがちなんだ」と告白して、彼から余ったタオルを進呈された。他の連中も「俺たちも一応入れておくか」と言いだし、全員股間を膨らませて布団に入った。

消灯後、真っ暗な部屋は一旦静かになる。廊下を誰かが走る音が聞こえた。そしてまた静かになる。

「あ、もうおしっこ漏れそう」

そう誰かが暗闇の中でつぶやく。「プッ」と他の誰かが堪えきれずに笑う。僕も笑う。すると「うるさいぞ」と教師にドアの向こう側から注意された。それを聞いてすぐに僕たちは静かになる。

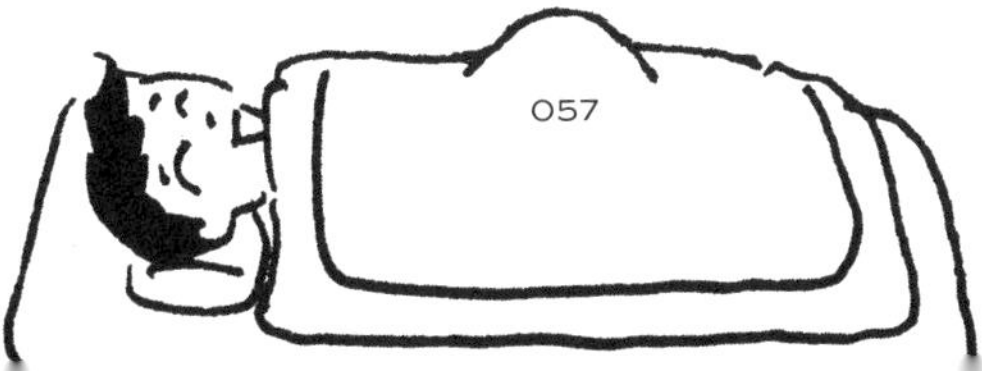

そのまましばらく時間が流れた。そして僕は「ねー、もう寝た？」と声をかけた。「起きてる」と隣りから声がした。「起きてる」遠くで声がした。そしてまた、クスクスと声を押し殺しながらみんなで笑った。

東北の大震災が起きたとき、僕は目黒に住んでいた。テレビ局でADとして働いていた年上の女性と、その頃一緒に仕事をすることがやたら多かった。彼女とは、なんだかんだで昼も夜も連絡を取る仲になっていた。

大震災から数日経っても、まだ余震がつづいていた。深夜に彼女から電話がかかってきた。いつもはメールだったので、驚きながらも僕は即座に出る。

「いま何してるの？」と電話口の彼女。「明日の準備。まだ仕事場です」と僕は答える。彼女はホッとしたような声で、「余震が怖くて眠れない」と言う。僕はしばらく彼女の声を聞きながら、明日の準備をつづけた。

彼女が「これから日本はどうなるんだろう？」という漠然とした不安を口にして、そのあとだんだん主語は小さくなり、最後の最後は「私は将来どうやって生きていくんだろう」という話に落ち着いた。

僕は仕事の手を止めた。彼女を安心させたいが、言葉がうまくまとまらない。沈黙の時間がしばらくつづく。そのとき、また余震が起こった。洟《はな》をすするような音がかすかに聞こえた。「ねー、もう寝た？」と僕は彼女に声をかけた。

特殊な経験をしているわたし

そのメールが、僕がナビゲーターを務めているラジオ番組に届いたのは二週間前のことだ。

「アルバイト先の店長が、週に二度、仕事が終わるとわたしの家に来て明け方帰ります。別に彼と付き合いたいわけではないです。ただ、同じようなことをしている友達がいなくて、メールを送ってしまいました」

送り主は二十代前半の女性。彼女のメールからは、自分でも気づいていないくらい微量の「特殊な経験をしているわたし」という成分が検出された。

さらに言うと、彼女が特殊だと思っていることが、本当に特殊かどうかも疑問な気がした。詳しく書けば書くほど、こちらが返り血を浴びそうだが、僕もその店長と同じような行動をとっていたことがある。

アルバイト先のその店長の年齢がいくつかはわからない。が、きっといまの僕より年下で間違いない。先輩として僕が謝るのが筋な気がして、番組内で謎に謝罪をしてしまった。

三十代のいつか、夏の早朝、僕はパンツ一丁で、自分の服と荷物を持って、抜き足差し足、音を立てないように部屋の廊下を進んでいた。玄関で着替えを済ませ、スニーカーを履こうとしたとき、「わたし、〇〇〇っていうの。名前くらい聞いてよ」と、ベッドの上で涅槃《ねはん》のポーズの女性が言う。

恥の多い人生の中でも抜群に恥を溜め込んでいた頃のことだ。「そうだったね……」と僕は軽蔑されて当然の返答をし、「では、いってきます……」と玄関をそそくさと出て行った。

僕はラジオの番組内で、メールの彼女に一つだけ助言をした。「早朝にコソコソと出て行く店長の後ろ姿をよく見てみてください」と。その姿はきっと、哀しくてみっともなくて笑いたくなるほどダサいはずだ。

僕がパンツ一丁で、玄関で着替えているとき、たまたま鏡に全身が映ってしまった。自分のあまりの間抜けな姿に「本当にもうやめようよ」と心の中で、自分と小さく誓い合った。

高校時代、前の席に座っていた女子が授業中にクルンと振り返って、「ねえ」とヒソヒソ声で話しかけてきた。僕は彼女のことを高校の一時期好きだった。数学の授業中で、教師は黒板に向かって、一生懸命、何かの公式を書いている真っ最中だった。

「わたしね、あの先生と付き合ってるの。誰にも言わないでよ」と隠しきれない笑みを浮かべながら、彼女は僕に突然、機密情報を漏洩した。

彼女の突然の哀しい告白に驚きすぎて、その場で僕は何も返答できなかった。

僕がアルバイトをしていたスーパーマーケットに、ＯＬ風の綺麗な女性と、数学教師が夕飯の買い物に来たのは、その機密情報漏洩から一週間も経っていなかった頃だと思う。ふたりは当たり前に手を繋ぎ、当たり前に幸せそうに見えた。

僕の前の席に座っていた女の子が、そのあと数学教師とどうなったのかは、結局聞けずじまいだった。

ただ、クラス替えの直前、数学の授業中に、ぼんやりと校庭のほうを眺めていた彼女の横顔が、哀しいくらいに美しかったことを、僕は鮮明に憶えている。

「エッチ妄想の交換日記をしませんか?」

とある原稿の取材で、静岡に来ている。

今日で三日目だが、泊まっているビジネスホテルの近くに、品揃えのいい古本屋があって、仕事が手につかず困っている。品揃えの良さが際立っているのは、小説やエッセイではなく、エロ本だ。昭和五十年代、六十年代あたりのエロ本が店の奥にドサドサ積まれていて、その光景を見るだけでも壮観だ。

その宝の山の中には、僕が人生で初めて買った思い出のエロ本もあった。一冊どれでも百五十円。十冊買っても千五百円。いまよりもコンプライアンスがユルユルの頃のエロ本は、素人カップル投稿欄が充実している。うっすら黒い目線が入った写真の若い男女が、あーなってこーなって、くんずほぐれつのエロを爆発させていた。

その中の一枚に、なんとも昭和１００％の写真があった。野外（どこかの公園）でしゃがんでいる男が、女のスカートを落ちていたであろう小枝でめくっている構図のもの。女はセーラーズのＴシャツを着ていた。写真の中の男も女も、満面の笑みを浮かべて、ピースを決めている。

投稿者のコメントには、「今日の彼女のパンティーはブルー！　空は快晴なスカイブルー！」とあった。どんな自由律俳句よりも好きな一文だ。年齢は男女ともに二十三歳とある。そのエロ本は昭和五十七年刊。いまから四十一年前だ。となると、小枝でスカートをめくっている男とめくられている女は、今年六十四歳ということになる。「六十四歳」という数字と、「しゃがんでスカートめくり」の対比はなかなかもって感慨深い。

そのエロ本には、「エッチ妄想の交換日記をしませんか？」という投稿コーナーまであった。「エッチ妄想の交換日記」という単語を、人生で初めて見た。インターネットが普及する前の男女の営みは、なんだか全体的に大らかだ。

「エッチ妄想の交換日記」

無駄に声に出したい日本語だ。交換日記の投稿者の年齢は二十九歳だった。だとすると現在七十歳ということになる。嗚呼。

とにかく世の中は便利になった。昔の映画もスマートフォンですぐに観ることができる。最近は寝る前に、よく古い日本映画を配信で観ている。昨日の夜も日活ロマンポルノを観ながらウトウトしていたら、出演者の方々のあまりの色っぽさに、途中から目が冴えまくってしまった。

中でも僕は往年の名優、白川和子さんの佇まいにグッときた。世の中は無駄に便利になってしまったので、白川和子さんの情報を秒で調べることができる。綾瀬はるかさんや壇蜜さんにときめくように、僕は昨夜、白川和子さんにときめき、出演作や近況を調べまくった。すると、白川和子さんが現在七十六歳だということがわかる。

もちろんそれで色褪せるものは微塵もない。それどころか、過去と現在の両方を噛み締めたときにしか味わえない、コクのようなものを感じながら、再度映画を楽しんだ。

　エロ本の中の彼らはいま、どのような生活を送っているのだろう。そう思いながらもう一度ページを開く。コクとしか言いようのないものがそこにはある。

あの日の燃え殻
その1
大橋裕之
シャベルマン けんざん!!
えっ?
シャベルマンって どっち?
喋る?
は?
シャベルカーの シャベルマン?
違う!! 喋るのシャベルマン!!

シャベルマンは悪口すげえ喋るのが必殺技
人が喋るの「しゃべる」はシャベルカーのシャベルからきてるんだよ
え？本当？
は？
信じたの!? バカじゃねーの!!
ハハハハ!!
ダセえ!!
Google
喋る 語源 シャベルカー
検索
コーラのもうぜ!!
おわり

相談相手は主にジョン

「答えを聞きたくないなら、わざわざ相談するなよ！」

カップルの男のほうが、プリプリ怒りながら、そう吐き捨てるように言った。三軒茶屋の某ハンバーガーショップには、二度行って二度ともカップルの喧嘩に遭遇した。カップルにとって、あの店は鬼門なのだろうか。

明らかに口が数字の「3」のような形になっている女が、「私はあなたに聞いてほしかったの！」と語尾を強めに言い返した。このやり取りに、自分の古傷がズキンと痛んだ。

「へえ。真剣に弱ってるって聞いたから、真剣に答えようと思っただけだよ」

男は、よせばいいのに追い討ちをかけた。女はわかりやすく、さらにふて腐

れた表情で、そっぽを向く。

「イタタタ」

僕の心の声が漏れ伝わったかのように、そのとき、打ち合わせをしていた編集者が思わず、そうつぶやいた。そして小声で、「なんで女性って答えを聞かないのに、相談持ちかけるんですかね?」と訊く。「まあ、男性にもそういうヤツ、もれなくいますけどね」と僕は返す。

男性の中にも、答えを求めていないのに相談を持ちかける輩は確実にいる。「いない」という意見を持っている人には、僕がそうですとカミングアウトしておく。もうすこし詳しく説明すると、こんなにいま悩み苦しんでいるのに、相談しておきながら申し訳ないが、なぜ「正解」を提示されないといけないのか、というのが本当のところだ。

よって最終的には、「正解など聞きたくない。それくらい薄々わかっている。もういい」の境地に至ってしまう。すくなくとも、僕はだいたいその経路を辿ることが多い。

僕がまだ実家に住んでいた頃のこと、僕の相談相手は主に飼い犬のジョンという柴犬だった。ジョンは基本的に黙って僕の相談を聞いてくれた（そりゃそうだ）。

ある日、いつもより遠くまで散歩に出かけ、公園のベンチに座って、ひとしきりその頃好きだった同じクラスの子のことを相談した。ジョンはハアハアと息使い荒く僕の話を聞いている。「でもなんか彼氏いるみたいなんだよねー。諦めたほうがいいのかなあ？」と行儀よく座っている寡黙なジョンに相談してみた。季節は冬で、僕は厚手の紺のダッフルコートを着ていた。

そのとき、「あれ？」と声をかけられる。僕とジョンは同じタイミングで、声の主のほうを見た。そこにはさっきまでジョンに相談していた、片思いの彼女が赤いダッフルコートを着て立っていた。彼女は白いチワワと一緒だ。

「あ……」と呆然として言葉が出てこない僕をよそに、ジョンは白いチワワのもとに行こうとして、首がもげそうなほど、前のめりになる。僕はジョンのリードを必死に引っ張った。「ジョン、落ち着け」となだめる。彼女は微笑みながら、「わあ、そんなに焦っちゃダメだよ！」とジョンに向かって言う。

チワワは完全に怯《おび》えていた。そそくさと彼女は行ってしまったが、ジョンの行動からそのとき、大切な答えを聞き出せた気がした。

増し増しな人

　ものを書く仕事をしていると、つい気を抜くと、話を盛りそうになってしまうときがある。自分が個人で食べる料理なら、味つけはテキトーにするが、料理屋を営むとなると、味に特徴を出したくなって、思わず調味料をいろいろ多めに入れてしまう。その感じに似ているというか、なんというか……。

　ただ習慣化してしまうと、どんどん話に辛い甘い、すっぱいなどの調味料や香辛料が足され、ついには糖尿病一直線のような増し増しな物語を私生活でも創作してしまうことになりそうで、今年になってから特に注意するようにしている。

　小説を書くときは、盛ってみたり削ってみたり、とにかくそれが仕事なので

いいのだけれど、これを私生活に持ち込むと、信用を著しく損なうことを去年の年末ひしひしと感じた。

昨年、とある飲み会で同席したプロデューサーは話を盛り過ぎの人だった。ある映画を観て、感動したという話を彼にすると、「あー、あの監督、結構面倒なんですよ〜」と二、三のエピソードをくっつけて、いかにもアリーナ席から舞台袖で観てきたように喋るので、「知り合いですか？」と尋ねると、「酒の席によく呼ばれ、いろいろ相談されるんですよ」と頭をかきかき、参っちゃうなあといった感じで話をつづけた。

彼がその監督とたいして親しくなく、その情報はネットの掲示板に書き込まれていたことだという事実を、そこにいた他のスタッフにその場で耳打ちされて、心底ガッカリした。

そのプロデューサーは次の日、インスタグラムに僕と撮った写真を載せ、「燃え殻さんオススメの店に連れて行ってもらいました！」と得意げに書き込んでいた。僕はその店に初めて行ったと彼にはっきり伝えていたのに。

誰が得して、なんの利益があるのかわからないほどに、味つけを濃くして話してしまう人は周りにいないだろうか。僕の周りにはその手の増し増しな人が多い。無意識に濃くしているので、バレたとしても喉元過ぎれば、誰よりも先に忘れて、同じ過ちをまた繰り返す。

知り合いのライターの男とゴールデン街の飲み屋で、たまたま席が隣りになったときのこと、彼の周りにいた人が僕に「体調、大丈夫ですか？」と声をかけてきた。僕はまったくの健康体だったので、「大丈夫ですよ」と返すと、その中の一人が「コロナで入院しているって聞いていて、ねえ」とライターの男に同意を求めた。

ライターの男はバツが悪そうに「あー、コロナになったのはちょっと前だったか」と僕の肩をポンと叩いたが、僕はありがたいことにまだコロナに感染していない。そのことをそこにいた全員に伝えると、「あれ？　俺が誰かと勘違いしたのかなあ」と、そこまでいっても白《しら》を切る。彼の目があまりに泳いでいて、どんなことを言われていたのか、察することができた。

自分ものを書いていると、つい気を抜くと、話を盛りそうになってしまう。

モノ書きでなくても、盛ってしまう増し増しな人はいる。

そういう生活習慣ができてしまい、健全な体にもう戻れない人を見るたびに、ああはなってはいけないと、反面教師にしている。

「お客さま、ピットイ〜ン!!」

「ええ〜、毎週読んでます！」と、週刊新潮でエッセイの連載をやっていて初めて若い女性から声をかけられた。

この連載が始まるとき、担当編集者から「週刊新潮の読者の平均年齢はたぶん七十歳くらいです」と聞いていた。だがそのとき、声をかけてくれたのは二十代の女性だった。それも暗がりで、レースクイーンの格好をしていた。だんだん雲行きが怪しくなってきたが、もうすこしこの話をつづけたい。

正確に書くと、毎週読んでくれているその読者はレースクイーンパブで働いていた（土砂降りくらい雲行きが怪しくなってきましたが、つづけます）。

先週、会食兼打ち合わせという名目の飲み会が開かれた。大人数の飲み会が苦手で最初は断ったが、どう考えても顔を出さないと後々もっと大人数の飲み会に誘われ、「一曲歌え！」と言われそうだったので、いろいろ鑑みて参加することにした。

待ち合わせ場所に行ってみると絵に描いたような猥雑な東京の繁華街。指定された店は雑居ビルの二階で看板も出ていなかった。ただガムテープがドアにベタリと貼ってあり、そのガムテープに油性マジックで「レースクイーン」とだけ書かれていた。

僕は殺人現場に踏み込むような勇気を持って店のドアを開ける。すると大音量でF1グランプリのテーマ曲、T-SQUAREの『TRUTH』がかかり始め、「お客さま、ピットイ～ン!!」と甲子園の優勝旗のような大きなフラッグを、レースクイーンの格好をした女性が振りまくってくれる。

その飲み会に誘った知人たちは早くも泥酔していて、手を叩いてその様子を眺めている。入店した一瞬だけ、やけに派手な演出が行われ、その後はピアノのBGMが静かに流れ、シックな雰囲気になった。

ソファの隅に座った僕の横に、先ほど巨大なフラッグを振っていた女性が座る。「さっき聞いたんですけど、作家さんだそうで」と女性はそう言って、僕の太ももの上にそっと手を置く。「まあ、でも書いているのは若い人はあまり読まない雑誌です……」と僕は予防線を張りながら、雑誌名とペンネームも伝える。

「ええ〜、毎週読んでます！」

暗がりの店の中で、大声を上げた彼女はその場で無駄に立ち上がった。親戚の法事で「いま、どういう仕事してるの？」と訊かれて説明しても、「へえ〜、そうなんだ」で軽く受け流されたのに、彼女は立ち上がって驚いてくれた。聞けばSNSで僕のアカウントもフォローしているという。

「私も文章ずっと書いてるんです。いつか雑誌の連載をやるのが夢なんです！」とスマートフォンを取り出し、僕のアカウントをフォローしている証拠を見せてくれた。

「だったら週刊新潮の担当、紹介するよ！」

立場を利用したセクハラじみたことを僕は言ってしまう。すると彼女はやけに冷静に「週刊誌の連載はたいへんそうなんで、隔月か月刊の雑誌でやりたいんですけど、どなたか紹介してください」とのたまう。

僕はそれを聞き、誰のなんの立場かわからないが、「最初から仕事を選ぶようなことはよくない」、「週刊誌の連載に挑戦する気持ちが大切だ」という、レースクイーンパブ始まって以来の進路相談をおっぱじめてしまい、また一つモテと読者を失ってしまった。

「お客さん、TBSの『ラヴィット！』に出てますよね？」

先週のことだ。タクシーは山手通りで渋滞につかまった。打ち合わせの時間にギリギリ間に合わなそうで、僕はスマートフォンで「すみません、少し遅れそうです」と担当者にメールを送る。バックミラー越しに目が合った運転手さんがそのとき口を開いた。

「お客さん、TBSの『ラヴィット！』に出てますよね？」と。

「え？」

担当者からの返事を待っていた僕は、予想外の運転手さんからの一言に固まってしまう。

「商売柄、声でわかるんですよ」

運転手さんはそうつづけた。

「あの〜、出てません」と僕。

「いやいや、いつも楽しく観ております」

運転手さんは丁寧ながら、まったく譲ろうとしない。担当者から「全員揃ってるんで、なる早でお願いします！」という返信が届いた。「すみません、急いでいるんですけど。かなりかかりそうですか？」と質問すると、「ロケですね。なるべく急ぎます！」とバックミラー越しにニンマリ顔でこちらを見る。

「はい、お願いします」と僕は返す。もうそれでいい、と僕は心の中で思った。もう『ラヴィット！』だろうがロケだろうが構わない、とにかく急いではしかった。

そのあと、裏道に次ぐ裏道で、右へ左へと曲りまくり、無事『ラヴィット！』のロケに間に合った（とあるフリーペーパーのコラムの打ち合わせでした）。タクシーを降りるとき、運転手さんから「明日も楽しみにしてます！」

と元気に親指を立てられた。そんなに『ラヴィット！』に出ているタレントの誰かに似ているのかと思いつつ、頭を深々と下げてしまった。

昨日、J－WAVEの自分の番組の収録が終わって荷物をまとめていると、「お疲れっす！」とBE:FIRSTのLEOくんに声をかけられた。彼もラジオの収録を別のスタジオでしていて、僕が終わるのを待っていてくれたのだという。

時計を見ると二十一時をちょっと回ったくらいだった。「今日、これで終わりなんですけど、焼肉でも行きませんか？」とLEOくんはあの満面の笑みで言う。こちらはいろいろ詰まっていたが、「じゃあ、行くか〜」と思わず返してしまう。ふたりでそのまま渋谷の行きつけの焼肉屋に向かった。向かうタクシーの中で、LEOくんが近況を話してくれた。「今度、前に言っていた例の番組に出るんですよ」と言って、「情報解禁、まだ先なんで内緒で！」とニコニコ笑いながら、口に人差し指を持っていって、シーッとやった。「楽しみにしてるよ」と言いながら、僕も彼に近況を語ろうとした。

そのとき、運転手さんが「あのー、ウチの奥さんがBE:FIRST大好きなんですよ。ＬＥＯさんですよね？」と話に割って入ってきた。僕は瞬間的に「あ、違いますよ」と返してしまう。「でもさっき、番組の話とか……」と運転手さんは食い下がる。ＬＥＯくんは「まー、いいか」くらいに思っているようで微笑んでいた。僕は、彼の情報解禁前の話もあったので、「いや違うんですよ〜、本当」と無駄に食い下がってしまった。

するとと運転手さんが「ああ！　そういうあなたは『ラヴィット！』の！」と声のトーンが上がる。「『ラヴィット！』の誰なんですか！」と思わず僕もワントーン声が上がってしまった。

「俺のファンはどう思うかな？」

ファミレスは一つひとつの席とテーブルがゆったりしているので、スタバや喫茶店よりも仕事が捗《はかど》る。隣りの席に座っている人たちの声も、しっかり間隔が開いているので気にならない……はずだった。

今日、その距離を超えて、大きな声が聞こえてきた。きっと僕がいた時間にファミレスにいた客全員が強制的に、その会話を聞かされたはずだ。

「ユーチューバーの〇〇の俺はユーチューバーとして、プライド持ってるわけ。常に俺のファンが何を望んでるかを考えて企画決めてるからさあ」とひと昔前のロックスターのような口調で話す若い男がいた。その話を聞かされている男もまた、上下真っ黒の細身のスーツに銀髪という、一見して普通ではない、ロックな雰囲気を醸し出している。

仕事が捗る、と言った舌の根も乾かぬうちに、僕は仕事どころじゃなくなり、ロックな男たちの会話に聞き入ってしまう。

「俺たち、ファンありきじゃん」

と、ここでファミレスのソファの上であぐらをかいた。

「だからこの企画もさ、やれって言われればやるけど、俺のファンはどう思うかな？」

決まった！（何がだ）。僕は、会話の中で聞こえたロックスター（自称ユーチューバー）の◯◯という名前をすかさず検索してみた。チャンネル登録者数、百人ちょっと。微妙だ。これまでの企画は「辛いカップやきそばを食べる」や「激辛ラーメン一気喰いチャレンジ」など、辛めな企画が多めな男だった。

高校時代、下校時になると現れる有名な露出狂の男がいた。パリッとしたスーツの上下を着た男の姿が見えると、女子たちが「またいるよ〜」と気持ち悪そうに煙たがっていたのを憶えている。

男はシワひとつないスーツの上下を着ているが、局部だけ、「コンニチワ！」という感じで露出させていた。局部を出したまま、生活指導の教師に追いかけ回されていることもあった。

　ある夏の日、下校中に僕は喉が渇いて、高校の最寄駅近くの喫茶店に入った。アイスコーヒーを頼んでから店内をぐるっと眺めると、ひとりでアイスコーヒーを飲んでいる、あの露出狂の男がいた。気づかれないように屈んで確認したが、そのときは、局部を露出していなかった。

「オフかな？（何のだ）」と思った。誰もが知っている有名人だったので（変態としてだが）、思わず僕は声をかけてしまった。

「あの〜、よく学校へ来られる方ですよね？」

　僕は露出狂の男に緊張しながら話しかけた。

　すると男は、僕のことを上から下まで舐めるように見て、「ああ、あそこの生徒ね」と面倒くさそうにつぶやく。「今日は休みですか？」と僕は質問してみる（しないで）。すると男に「あ〜、ファンの方？」と質問で返された。

「ファン」という予期しなかった単語に動揺して、つづけて言葉がうまく出てこなかった。「勉強、頑張って」と励まされ、「あっ、頑張ってください」と僕は返してしまったが、時空を超えて「何を頑張るんだ！」と自分にツッコミを入れたい。

あのときから三十年以上が経った。ファミレスで「ファン」という単語を耳にしたら、あの夏の日が鮮やかに甦った。

はにかみながら「ほら、盗聴器！」

何組かのゲストが順番に「大人とは？」について語るというイベントの謎企画に間違って出たことがある。イベント会場にはお客さんが百名くらいはいた気がする。その日、控え室は大部屋ひとつだけで、出演するゲスト全員が、その大部屋に押し込められていた。

僕以外の参加者は、詩人、グラビアアイドル、都内ラーメンチェーンオーナー、バンドマンという「雑多、ここに極まれり」というメンバー。そしてそこにいた誰とも僕は面識がなく、まったくくつろげないでいた。催していないのにトイレに立ったり、かかっていない電話に出たフリをしてその場を外したりする、という行動を織り交ぜながら、なんとか開始まで時間を潰していた。

いち早く出番が終わったグラビアアイドルの女の子が、ファンからのプレゼントを両手に抱えて大部屋に戻ってくる。彼女は大部屋をぐるっと見渡したあと、僕の隣りにプレゼントをドサドサ置いて座った。マネージャーらしき男性と彼女が雑談を始める。

「今日は大丈夫かなあ」

そう言いながら彼女は、プレゼントのパンダのぬいぐるみをノミ取りをするように入念に両手でチェックしている。「ぬいぐるみ、どうかしたんですか？」と僕が尋ねると、「前にぬいぐるみの中に、盗聴器が入ってたんですよ」と、はにかみながら応える。「はにかみ」にまったくそぐわない物騒な内容だが、たしかに彼女ははにかんでいた。

ほどなくして、やはりはにかみながら「ほら、盗聴器！」と僕に実物をぬいぐるみの中から取り出して見せた。グラビアアイドルが思っていたよりもデンジャラスな職業だということを、まざまざと見せつけられた瞬間だった。

先日、新宿で某ミュージシャンと久しぶりに飲むことになった。彼とは気づけば長いつきあいになる。最初に会ったとき、彼は深夜のアルバイトに週五で入っていたが、いまでは大きな会場でのライブのチケットを即完させる人気者になった。恐れ多くて、あまり連絡をしないでいたら、向こうから「飲まない？」と久々にLINEが届いた。昔、よく朝まで飲んだバーで待ち合わせた。

店の近くまで行くと、ちょうど一台のタクシーが停まり、彼が降りた。そしてそそくさとバーに入っていく。すると、バーの近くで隠れるように待っていた女性三人が、ソワソワしながら、彼が乗ってきたタクシーに乗り込もうとする。タクシーの前を僕が通りかかったとき、その女性のうちの一人が運転手に対し「だ、か、ら。いま乗ってた人が乗った場所まで行ってください！」とキレ気味に言った。他の二人も頷きながら、そのタクシーに乗車しようとしていた。僕もバーに入店し、そのやりとりを話すと、彼は大きなため息をひとつついた。

食事をしたり、買い物したりする店がSNSを通してファンの人たちにバレて拡散され、待ち伏せされることがかなりあるらしい。そして彼がタクシーに乗り込んだ場所まで行って、自宅を割り出すことが、一部の熱狂的なファンの間では常態化しているという事実を教えてくれた。彼はいままでに、自宅が晒されて、六度も引越しをしたらしい。光が強いぶんだけ、影はより濃くなる。ほぼ献杯気分になって、青島《チンタオ》ビールで無言の乾杯をした。

「レット・イット・ビー」

高校の英語教師のことが忘れられない。まだ二十代半ばくらいの女性だった。ある日クラスの不良が、エロ本のグラビアページに英語教師が載っているのを見つけてしまう。授業が始まる直前、不良は教室の前方にあった掲示板に、切り抜いたグラビアページを画鋲で貼り付けた。ほどなく英語教師が、ガラガラとドアを開けて教室に入ってくる。

「先生、なんか貼ってありま〜す」

そう教師に声をかけたのは、不良と付き合っていた茶髪の女だった。「先生、結構胸あるんすね」と不良が半笑いで追い討ちをかける。他の生徒はその光景を固唾を呑んで見守っていた。

教師はしばらく掲示板の前に立っていたが、次の瞬間、貼ってあったグラビアページをビリビリと破って剝がし、素早く丸めて、タイトスカートのポケットに突っ込んだ。そのあと、リスニングのために持ってきていた赤いラジカセを教卓の上に置いて、中からカセットテープを取り出す。そして自分のポーチに入っていたウォークマンのカセットテープを、ラジカセにセットした。

さっきまで冷やかしていた不良と茶髪の女も、教師の行動をただ無言で眺めている。教師は、自分の生い立ちを話してから、ラジカセの再生ボタンをおもむろに押した。かかった曲は、ビートルズの「レット・イット・ビー」だった。「皆さん、どうか自分のことを大切に生きていってください」という言葉を残して、二度と学校に来ることはなかった。決していい思い出にならない、高校時代の出来事だ。

先日、とある著名人が過去の恋人から、親密なふたりだけの思い出の写真をSNSで晒され、無責任な野次馬たちが拡散に励んでいた。人が内緒にしてきた過去が露呈した瞬間、自分の中の下世話が、バッチリ目を覚まし、思わずその情報に飛びついてしまうときがある。

あの英語教師のときも、僕は教室の片隅で空気になって、密かに興奮していたことを認めなくてはいけない。あのときよりも何倍も、他人の隠したい出来事が露呈しやすい時代になった。有名人か一般人かに関係なく、隠したかった事実が、次々ネットに上がって拡散されていく様を毎日のように見る。

僕の高校時代にもしSNSがあったなら、誰かが英語教師の情報つきでグラビア画像をアップしていただろう。誰かが堕ちていく様を見ると、脳のどこかのスイッチが押され、一瞬だけ恍惚感を味わえる。たった一瞬だけ。晒されたほうは、それが教室で起ころうが、ネット上に流れようが関係なく、一生ものの傷になる。

僕は昨年、Huluで初めて連続ドラマの原作と脚本を書いた。あの高校の出来事を発端にして生徒たちが英語教師の年齢になったとき、教師と再会する。教師はすっかり忘れていたが、教室にいたかつての生徒たちには、あの出来事がトラウマになっていた、という物語にした。あの日、何もできずに下世話でしかなかった自分への戒めもこめて、『あなたに聴かせたい歌があるんだ』というタイトルのドラマを書いた。

「人って、なんのために生きているんすか？」

「学生時代にみんなでからかっていて、いじめだと勘違いした奴が自殺しちゃったんですよ」

某雑誌でモデルをやっているという若い男と、とある大人数の会食の席で隣りになり、そんな話を切り出された。彼は僕の小説を高校生の頃に読んでいて、その会食には僕に会いにきたのだという。僕が昔いじめにあっていたという新聞記事を読んだ感想として、彼はその話をし始めた。

「葬式に行ったら、いちばんいじめていた奴が泣いてて。それは違うな、って思いました」

どこまでもドライに彼は話す。きっと悪気はない。そして想像力と思いやりがまったくない。いまは中目黒のタワマンに住んで、女性には不自由せず、それでも有り余る承認欲求を今度はモデルから役者に転身して満たしたいらしい。

「俺、なんのために生きているかわからなくて。もうちょっと有名になりたいな、って感じなんです。人って、なんのために生きているんすか？」と、ニコニコしながら僕に聞いてきた。

そして、とってつけたように「エッセイ集、今日買いました！　もう冒頭から最高っす」と会話というよりコラージュかパッチワークのように彼のおしゃべりはつづいた。「ありがとうございます」と答えておいた。

「人って、なんのために生きているんすか？」

その一文がこだまみたいに残った。

僕は小学生の低学年の頃、一生のトラウマ級のいじめにあっていた。彼が読んだのはそのときのことをインタビューされたものだ。僕はひどい円形脱毛症になって、あらゆる種類のいじめにあった。

もうダメだと思った日、学校から帰って、夕飯を作っている最中の母のエプロンにしがみついて「死にたい」と泣きながら懇願していた。いま考えたら幼い我が子に「死にたい」と訴えられる母親もたまったもんじゃなかっただろう。

ただ、僕が本当にずっと死にたいと思っていたのは紛れもない事実だ。実家がマンションの六階だったので、いつもベランダから下を覗いて、ここから飛び降りようかと考えたりしていた。そんなことを考えているときだけ、スーッと気持ちが落ち着いていくのがわかった。

死を身近に感じて、どうにかごまかして生きていたが、母のエプロンにしがみつき「死にたい」と訴えた日は、もう限界だったんだと思う。そのとき母は、夕飯の支度をやめて、持っていた包丁をズドンと畳の上に突き立てた。

「お母さんをこれで刺して殺しなさい。そのあと、あなたが死になさい」

母は涙ひとつ見せずに僕を睨みつけて、そう言った。僕は母が死ぬということが怖くなり、ギャーギャーと泣き叫んだ。そして「死なないで」と母にすがりついた。母は僕を抱きしめながら、「だったら生きなさい。自分のためでなくてもいいから、とにかく生きなさい」と言った。

「人って、なんのために生きているんすか？」と聞いてきたモデルの男と別れた日の夜、僕は自宅でシャワーを浴びながら、母に睨みつけられた夕方のことを思い出した。僕が死ななかったのは、母に死んでほしくなかったからだ。いまでも自分の人生を投げ出したくなる瞬間がある。ままある。そんなときは、誰かのために生き延びようと考える。

あの日の燃え殻
その2
大橋裕之
この日 燃え殻は
打ち合わせの後
インド料理屋で
ひとりランチを食べていた
客はいなかったが
カレーは
普通に
美味かった
突然
警察官が
ひとり店内に
入ってきた

燃え殻は
特に何も悪いことは
していないはずなのに
緊張のあまり
ナンを持つ手が
固まってしまった
ナンを素手で
食べていることが
悪いことをしている
ような気になってしまった
いやっ
別に悪いことじゃ
ない
警察官は
カレーをテイクアウト
しただけだった
そこに入れるんだね
おわり

日々は「打ち合わせ」の連続だ

手帳を見ると、日々「打ち合わせ」という文字だらけで哀しくなってくる。今日もロイヤルホストで打ち合わせだった。常に何かを打ち合わせ、そのだいたいが形にならず、泡と消える。予算が合わなかったり、プロジェクト自体が中止になったり、出した原稿がマズかったり、とにかく形になるところまでいくことは稀《まれ》だ。それでも話が来るだけありがたい。そう考え直し、また打ち合わせに臨む。

今日は、とある雑誌にエッセイを書いてほしいという打ち合わせだった。僕なりの意見を出して、話の方向性がすこし見えてきたときのことだ。隣りのテーブルに座っていた男女の会話が耳に入ってきた。

「初めまして」

まだ二十代の前半くらいに見える若い女性が恥ずかしそうに、そう挨拶をした。

「初めまして」

向かいに座ったこれまた二十代くらいの男性がそう返す。僕と話していた編集者の女性も隣りのふたりが気になった様子で、チラチラと覗いている。

「アプリ、よく使うんですか？」

「いや、ほとんど初めてです」

女性の質問に男も恥ずかしそうに、そう答えた。どうやら、このふたりは出会い系アプリで知り合って初めて会った、で間違いなさそうだ。目の前の編集者の女性に「出会い系アプリとか使います？」と僕は小声で訊いてみた。彼女は隣りの男女の会話に夢中で、僕の質問に気づきもしなかった。

バンドならここで解散だろう。だが、こちらは作家と編集者だ。解散が出来ないので、もう一度訊いてみた。「出会い系アプリとか……」まで言うと、「やってない人いないですよ」と今度は食い気味で答えが返ってきた。聞けば数週間前に出会い系アプリで知り合った男性と一夜を共にし、その後、何度か会って、まもなく別れたという。一夜を共にしたその日、彼女は出来心で相手の男性の手帳をチラ見してしまったらしい。そこには来る日も来る日も「○○と打ち合わせ」と書き込まれていた。そしてふたりが出会った日も、編集者の女性の名前の後ろに「打ち合わせ」と書き込まれていたという。

「だいたい毎日打ち合わせをしている男なんていないですよね。あのときに引き返すべきでした……」

心底悔しそうに彼女は舌打ちを一つした。

「確信を持って後悔しているところ、水をさすようで申し訳ないのですが……」と断りを入れて、「毎日打ち合わせの連続の男もいると思いますよ」と反論してしまった。「いや、そんな男いないですって」と食ってかかる彼女。「います。ほら目の前！　僕がそうですから！」と返した。「あー、あなたも同じ穴の遊び人ですか……」とラチがあかない。

気づくとお互い声が大きくなり、隣りで初々しい会話を楽しんでいた若い男女が迷惑そうな表情でこちらをガン見していた。すっかり汚れてしまった作家と編集者は、若人ふたりに小さく会釈して、仕事の打ち合わせに戻った。日々は打ち合わせの連続だ。これは事実である。

日々は「苦肉の策」の連続だ

「あのう、スピーチをお願いしたいんですけど、いいですよね？」と直前打ち合わせの最後にそう切り出された。イベント会場のバックヤードで、本番は二十分後。どー考えても拒否できない感じの空気が漂っていた。というか多分「ギリギリに言わないとコイツ断るよな？」という話でまとまっていた感じが否めない。

「わかりました……」と僕は渋々承知し、会場に向かった。イベントが始まると、そのスピーチをする人のラインナップがエグかった。僕以外はＴＥＤ経験者、若手政治家、ワイドショーのコメンテーターでよく見るタレント、とスピーチ界のアベンジャーズが揃っていた。

急遽、トイレにこもって思いついたスピーチの内容を僕は見直すことにした。いかに急にこの壇上に上げられてスピーチを頼まれたかということを皮肉混じりに話しまくった。ほぼ反則というか、モロ反則技で一応のウケと笑いを取り、最後にちょっとだけそのイベントを持ち上げて、逃げるように舞台の袖にはけた。

正直、我ながらよくやったと思う。この手の苦肉の策は昔、何度か経験している。

中学二年の水泳大会でも同じように反則すれすれ、いや、モロ反則技で乗り切ったことがある。僕のクラスは水泳部の生徒が一人もいないクラスだった。各クラスの水泳部がアンカーを務める、水泳大会の花形種目のリレーは惨敗が予想された。

出場種目を決める日、風邪で休んでしまった僕は学校に行って愕然とする。黒板に水泳大会で誰がどの種目に出場するかが書かれていて、僕の名前には「リレー、アンカー」と書かれてある。クラスの誰もが敗戦処理で屈辱を味わいたくなかったので、休んでいた僕に押し付けたのだ。

「よろしく頼むわ」とニヤついた顔でクラスの男子たちが僕の肩をポンポンと叩く。「はあ……」とため息をつきながら、僕は作戦を練ることにした。

本番当日、アンカーの僕のところに順番が回ってきたときは、すでに他のクラスに大差をつけられていた。そして予想通り僕以外のアンカーは全員が水泳部だった。僕が泳ぎ始めると他のクラスとの差は、どんどん広がっていく。水中でも、各クラスの声援が、こだまのように聞こえる。

ある程度進んだところで僕は泳ぐのを止めて、大げさに足がつったというジェスチャーをする。顔をしかめ、その場に立ち尽くす。その間も、他のクラスの水泳部のアンカーたちは泳いで泳いで、ゴールしていく。どの生徒も、ひとしきり自分のクラスの順位に沸いたあと、ひとりプールに残った僕に気づく。僕は「イタタタ……」みたいな顔をしながら、ゆっくり前に進んでいく。

プールサイドの先生や生徒から、「頑張れー！」とか「ゆっくりでいいぞ！」などと声援が飛び交う。パチ……パチパチ……パチパチパチパチパチ、と健闘をたたえる拍手も自然発生。

僕はその声援の中、ゆっくりゆっくり歩を進める。もちろん足などつっていなかった。我ながら人の倫《みち》に反した作戦だった。

ただ、このような咄嗟の苦肉の策の連続で、僕はどーにか今日まで生きながらえてきた。

しっかりすべて間違える日々

ありがたいことに関係者招待枠で、演劇やライブを観に行かせてもらえることがたまにある。そのときは、入り口の関係者受付で名前を言い、名簿で確認してもらって会場に入る。

先日、とあるミュージシャンからライブにご招待していただき、会場で名前を名乗ると「あれ、お名前ないですね」とリストを見ていた受付の女性に言われた。何人かのスタッフに改めて調べてもらったが、やっぱり名簿に名前はないらしい。

「あ、じゃあ帰ります」と言おうとしたとき、「大丈夫なんで、入ってください」と特別に入れてもらえることになった。ライブハウスだったこともあり、

関係者席という明確な席があるわけではなく、立ち見で「関係者エリア」というのがあるだけだった。

僕が会場に着いたときには、もうライブが始まっていて、爆音と歓声をくぐり抜けながら、僕はなんとか関係者エリアにたどり着く。ステージに目をやると、かき鳴らされるギターの音と激しいドラム、それにボーカルのシャウトで、会場は盛り上がりに盛り上がり、異様な熱気に包まれていた……のはいいのだが、僕がその日観にきたミュージシャンは、弾き語りライブのはず……。

「ん?」と疑問に思うが、人の多さに身動きが取れない。改めてステージ上のミュージシャンに目をやる。金髪の髪の毛が四方八方に逆立って、革ジャンの下は上半身裸。「てめーら!　今夜は気合い入れてけよー!」と捲《まく》し立てる。

間違いない。日にちを間違えている。僕は確信を持って(遅い)、真っ暗の中、スケジュール帳を確認した。うん、やはり、しっかり一日間違えている。

この手のミスを、僕はちょこちょこやってしまう。

先日、とある作家さんと初めての会食という華やかな予定が入っていた。すこし早めに待ち合わせの飲み屋に着くと、店主から「あれ？　予約、明日じゃない？」と驚かれる。僕は慌ててまたスケジュール帳で確認してみた。しっかり一日間違えていた。

「またやってしまった……」と僕が頭を下げて帰ろうとしたとき、ガラガラと入り口のドアが開き、本当は明日待ち合わせをしていた、とある作家さんが入ってきた。「あ……、いま僕いますけど！　待ち合わせは明日でした！」となんとも間抜けなことを僕は言ってしまう。

「あ……！　またやってしまった！」と、そのとある作家さんは頭を抱えた。聞けば、その方もよく日程や時間を間違えてしまうらしい。「せっかくなんで、このまま飲みましょう」と、両者間違えたことにより幸福な時間となった。

その作家さんは、身内の法事の日にちを間違えたり、映画館で途中まで観てようやく、観たかったのとは違う映画だと気づいたことなどが、いままでに何度もあったという。僕もこの間、とある邦画を観に行ったとき、途中まで間違ってハリウッド映画を観ていた。誰に言っても「それはないでしょう」と笑われたが、その作家さんは「あるあるですよ〜」と同意してくれた。

相性が合うとは、「欠点が一緒」ということなのかもしれない、と前向きになれた夜だった。

今年、うかつに五十歳になる（前篇）

まだ怒られるのか、とつくづく自分の生き方を恨んでいる。

今年、五十歳になる。信長なら本能寺で舞っている頃だ。

高校生のとき、古文の教師が四十九歳で、銀ぶちメガネで白髪七三分けだったので、あだ名が「おじいさん」だった。あの頃の通称「おじいさん」を年齢で越えてしまうのかと思うと、さすがに考え込んでしまう。

人は歳を取る。受け入れてきたつもりだった。左肩辺りから突然毛が一本生えたり、ニンニクを食べていないのに口がニンニク臭かったり、枕から亡くなった祖父の匂いがしてきたときも、ちゃんと受け入れてきた。

しかし、五十歳を迎えるというのに、まだフルスイングで怒られるのかと思

うと、どうしても受け入れがたいものがある。

　五十歳といえば、「俺がお前くらいのときはさ〜」なんて話の一つでもして、「へ〜、すごいですね」とか言われていい歳な気がする。会社なら部下も何人かいて、やる意味があるのかないのかわからない会議に出て、意味があるのかないのかわからないことを発言しても、部下がメモを取ってくれる歳だと思う。

　それなのに五十歳を迎える年に僕は、とある制作会社の偉い人に呼び出され、すみませんでしたと頭を下げることになった。さらにそうすることが妥当というか、こちらに完全に非があるという、なんともやり場のない苦渋に満ちた状況になってしまった。

　あまりのことに怒られた帰り道、大して腹も減っていないのにラーメンを食べて、店を出てすぐ二軒隣のラーメン屋にまた入ってラーメンを食べるという情緒不安定ぶりを発揮してしまった。二軒目のラーメン屋はガラ空きで、店には店主と僕だけしかいない。店主に思わず「さっきめっちゃ怒られたんです」と話しかけてしまった。

店主はラーメンを作る手を止め「年齢いってから怒られると腰にくるよね」と意味不明の症状を口にした。でもたしかに腰痛もあったので「そうですよねえ」と話を合わせてみた。

「やっぱ、怒られないためには見た目だよ。人は誰だってミスるもんだよ。だから怒られないためには、スキンヘッドにして髭を伸ばすのがいいよ」と真剣な顔で言われた。

これまたなんだか意味不明だが、それもそうかと納得した。そしてその店主は、スキンヘッドであご髭というスタイルだった。ほら見て、と店主がスマートフォンの写真フォルダの中から、昔の姿を見せてくれた。いかにも勉強ができそうな、ひ弱な印象の男が写っていた。

「なるほど」と僕。

「このときは意味なく怒られたよ」としみじみとあご髭をいじる店主。

「人は見た目が九割」といったのは誰だっただろう。自分の見た目がどうでもいいので忘れていたが、それも一つの事実かもしれない。

店主のあまりの変わりように、見た目の大切さを再認識した。「まあ頑張ってよ」と店主は微笑みながら、僕の前に味噌ラーメンを差し出す。「ありがとうございます……」と僕は受け取り、スープを一口。「美味しい」とか感想を述べてみる。

まさか塩ラーメンを頼んだとは言えない圧がそこにはあった。やはり見た目は大切だ。

今年、うかつに五十歳になる（後篇）

前回に続き、くどいようだが、今年、五十歳になる。

ということは、高校時代のクラスの人気者だった彼女もどこか知らないところで五十歳を迎えていることになる。なんだかとても感慨深い。彼女は、通常時でパンツが見えそうなくらいのミニスカートで、毎日登校してくれていた。

朝、スカートをひらひらさせながら、自転車に乗って正門から颯爽と現れる彼女に、友人は女神でも拝むように、両手を合わせて「感謝、感謝」と唱えていた。彼女は自分が美しいことを、誰よりも理解して生きているような人だった。

僕らボンクラ高校生には、しゃべりかけることもできないような圧倒的な存在感があった。付き合っている彼氏は大学生らしいというのは、友達がすくなかった僕でも知っている事実だった。

その頃、僕は映画を観て、ノートに感想をびっしり書くということに夢中になっていた。スポーツも勉強も中の下くらいだったので、映画の知識をたくさんつければ、女の子にモテるのでは？　という、自らに自らがマインドコントロールをかけていたのだ。

その映画感想ノートを書くことを、僕は「連載」と呼んだ。連載ではないことくらい薄々わかっていたが（薄々か！）、強めのマインドコントロールを必要としていたので、「連載」と言い切るようにしていた。母親に一度、「連載、読む？」と言ってノートを渡したことがあった。「いまはいいかな」と優しい母親でもやんわり断るレベルの所業だった。

「連載」に忙しい僕と、大学生と付き合っているクラスの人気者だった彼女が、基本しゃべる機会があるわけがない。ただ、生きているとたまにバグのようなことが起きる。彼女とのあいだでもバグが起きた。

いつものように僕は横浜相鉄ムービルで映画を観て、近くの喫茶店でおもむろにノートを取り出し「連載」に取り掛かっていると、ポンポンと後ろから肩を叩かれた。振り返ると、白のノースリーブにタイトなジーンズ姿の、人気者の彼女が一人立っていた。

「なにしてるの？」

彼女のその問いかけに、エロ本がバレたかのごとく、僕はノートを秒で隠す。

「見せてよ」と彼女は言う。観念して彼女にノートを渡すと、僕の目の前に座って、じっくりと読み出した。

「彼氏がさ、映画好きなんだよね。この映画、今度一緒に観に行く予定で、下見しとこうと思って今日来たの」と彼女は僕に向かってにっこり微笑んでくれた。それはもう、バグ以外の何ものでもなかった。

大学生の彼氏と付き合うため、彼女も彼女で努力をしていた。「連載」の最新版が、彼女が彼氏と一緒に観る予定の映画だった。

「明日までに仕上げて、ノート貸すよ！」とその場で彼女に約束をした。両手をあわせて拝むように「ありがとう！」と言う彼女。「連載」が始まって以来の読者が、彼女ということに心躍った。

次の日、彼女にノートを渡そうとすると「あっ、それ行かなくなったから」とあっさり断られた。バグはそんなにつづかない。

そんな彼女も今年五十歳になる。そんな僕は週刊誌で「連載」をつづけている。これも一つのバグな気がしている。

『ゴダールとトリュフォー、そして映画史について（仮）』

五十歳なんだから、なんとか全集みたいなものが本棚に並んでいてもいい気がするが、最近揃えたのは『ハイスクール！　奇面組』全集（全巻ともいう）だ。

この間、知り合いの放送作家に「こういう世界も体験して知っておかないと」と言われて連れて行かれた高円寺のガールズバーでは、「しめじに似てるから、濡れしめじさんってあだ名にしますね」と満面の笑みで言われた（いい子でした）。

五十の威厳のようなものが、この国のほとんどの五十より欠けている気がしている。威厳を注入しないといけないと考え、昨日、『ゴダールとトリュフォー、そして映画史について（仮）』という、タイトルを読んだだけで睡魔が襲ってきそうなイベントに行ってみることにした。「好きな映画はなんですか？」と高円寺のガールズバーの女の子に聞かれて、「『戦国自衛隊』かな」とか答えている場合ではない。威厳を注入しないといけない。ゴダールとトリュフォーを点滴で摂取しないといけない気がする。

早速、僕はお洒落とマニアの煮こごりのような映画館に向かった。映画館がある場所に近づくと、気を抜いたら「ゴダール！」と奇声を発しそうな身なりの男性がちらほら。決して派手な容姿ではないが、ダサいわけでもない。なんならダサいも味だ、くらいの迫力を感じる方々がポツポツと現れる。

「こうなりたい！」

濡れしめじの脳裏にその言葉がしっかりと点灯した。そのとき、渡ろうとした横断歩道の信号機が赤になる。仕方がないので、スマートフォンでイベントの内容を確認しながら待っていると、隣りから声が聞こえてきた。「さっきの肉うまかったよなあ〜」と。

　チラリと横を見ると黒のジャージの上下を着た、若い男の姿があった。「人生一の肉だった気がする」とこれまた黒のジャージの上下を着た若い女がそう答える。男がつづけて言う、「やっぱ瓶漬けカルビだよね」と。

　ほっこり。

　ほっこりじゃない。このふたりは一生、ゴダールにもトリュフォーにも縁がないんだろうな、と僕は彼らの未来を予想する。

　信号が青に変わる。すると女のほうが、スッと男の腰に手を回した。男はそれが当たり前のように、女を慣れた感じで抱き寄せる。彼らはこんがらがるように抱き合いながら、横断歩道を渡っていく。僕はその後ろを歩いていた。

「ゴダールとトリュフォー、そして映画史について日々考えるような大人になりたい」

　そう思っていたはずなのに、こんがらがるように抱き合いながら歩いている彼らを見ていたら、そんなことはどうでもいいような気がしてきた。そして男が駄目押しのように「今日の夜、なに食べよっか～？」と問いかける。女は「ばか、まだお腹いっぱいだから考えられないよ～」と男の二の腕を叩いて笑いながら答えていた。

僕の人生になんとか全集はいらないし、好きな映画はいつまで経っても『戦国自衛隊』でもいい。「ゴダール？　それチョコレート？」と答える人と一緒でもいい。いや、なおいい。

そんな人と、ごはんの話だけをしながら生きていくのが、実は本当の幸せなんじゃないか。五十にして改めて気づいた。

もう無駄にガッカリしたくなかった

恵比寿の飲み屋で「あれ〜！　お久しぶり〜」と後ろから声をかけられ振り返ると、一度仕事をしたことがある広告代理店のNさんが、かなりの酩酊した状態で立っていた。二年ぶりくらいの再会。季節は三月で、春の気配がする時期だった。

「今度、知り合いを集めて、駒沢公園で花見をするんですが来ませんか？」と陽気に誘ってきた。花見かあ、と僕がお茶を濁すと「実は俳優の◯◯さんも来る予定なんです！　先方は前々から真剣に会いたがってましたよ〜」とバンバン僕の肩を叩く。

俳優の◯◯さんはよくCMで見かける売れっ子だ。僕は内心小躍りしながら

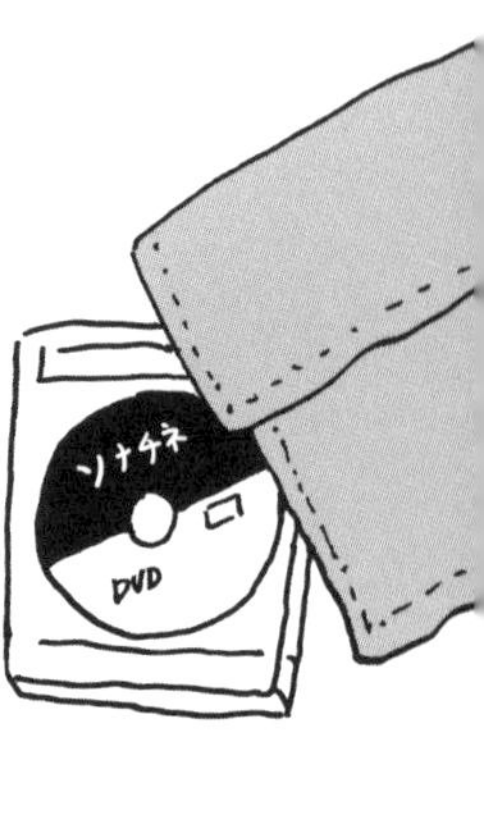

「じゃあ、顔出したほうがいいですかね……」と出来るだけクールを装う。Nさんは「よし！　決まりだ。すぐメールしますよ」とニヤニヤ笑いながら千鳥足で店を出て行った。

　あれから数カ月。未だNさんからの連絡はない。桜は跡形もなく散り、熱中症に注意が必要な季節になった。Nさんとのやり取りが、「今度お互い都合がいいときに飲みましょう！」だったとしたら、連絡がなかったとしても、「まだ忙しいのかな？」くらいの心持ちで待っていられた。それを「花見」と限定されたことにより、期限つきの約束になってしまった。

　生きていると、ガッカリすることが、まーまー起きる。せめてその数を減らしていきたいと思って、日々生きている。どう考えても人生の折り返し地点を回ったというのに、余計な期待と約束で、もう無駄にガッカリしたくない。

「やっぱり友達に戻ろうか？」

　そう切り出された朝があった。笹塚に住んでいた頃だから、いまから十五年くらい前だ。いまも先行きの見えない仕事をしているが、その頃はいまにも増

して先行き不明だった。

　彼女とは、お互い深夜に会って、早朝に別れるような関係だった。「お二人の関係は？」と、もし聞かれたら、「すみません、よくわかりません」と答えるしかない関係。相手の親兄弟が知ったら激怒しそうな関係だった。

　真夜中、返却期間が過ぎた邦画のＤＶＤをつけっ放しにしながら、「将来、沖縄に住みたいなあ」と彼女が言った。「福岡もよくない？」と僕は返す。「炒飯食べてぇ〜」と彼女がつぶやく。「明日会社行きたくねぇ〜」と僕はやけっぱちに吐き捨てる。

　嚙み合わない会話ができる相手が、そばにいる安心感は格別だった。来週くらいまで生きていけそうだ、と漠然と思えるくらいには心が楽になる。そしてやることをやって、眠りにつく。

　そんなことを半年以上つづけて、いつも通りの朝を迎え、これまたいつも通りのモーニングを食べに、行きつけだった喫茶店に行く。あるとき、その喫茶店で彼女がポツリとつぶやいた。「やっぱり友達に戻ろうか？」と。

男女の関係になる前は果たして友達だったのかは甚だ怪しいが、彼女の言葉に僕は「そうだねえ」とだらしなく応えた。彼女が一瞬だけ呆れるように笑ったのが忘れられない。

お互いだらしなかったので、それからも何度か一線を越えてしまった。そしてゆっくりと友達ではなく、他人になっていった。

きっとあの頃から僕も彼女も、余計な期待と約束で、もう無駄にガッカリしたくなかったのかもしれない。

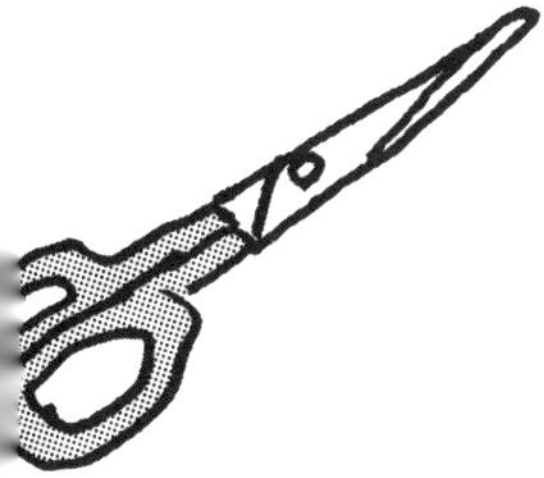

夢なんて叶っても叶わなくてもいい

「ほとんどの夢って叶いませんよね？　なのにテレビドラマでも漫画でも、努力すれば夢は叶うって言ってるのがムカついて仕方ないんです」というメッセージが、僕が担当しているラジオ番組に届いた。

そのメッセージの最後には、「勝者の論理で成り立っているこの世界がムカつく」と結ばれていた。うかつにそのメッセージを採用してしまった僕は、本番で「うーん」と唸って、そのあとなかなか言葉が出てこなかった。「当たっているけれど、それがすべてではない」という気持ちだったが、うまく言葉がまとまらなかった。なんとかひねり出した答えは、僕の親友の話だった。

そのとき、僕は親友と渋谷の居酒屋で飲んでいた。コロナ禍という言葉もす

っかり遠くに逸した渋谷の居酒屋は、若者を中心にその夜、満員御礼だった。レモンサワーやビールのジョッキを持った店員たちが、客をかき分けるようにして働いていた。

その店の一番奥の席で、泥酔の親友とほろ酔いの僕は空《から》のジョッキを自分たちの前に並べて飲み倒し、くだを巻いていた。半目の親友が言う。

「しつこいけどさ、将来、俺はカメラマンになりたいんだよ」と。

「将来」

その単語はまだ未来が掃いて捨てるほどある若者だけが使っていいもののような気がした。親友も僕も今年五十を迎えた。江戸時代なら長生きの部類だ。現代でも混じりっけなしのおじさんの年齢で間違いない。ことによっては「そこのおじいさん！」と呼ばれても、「はい！」と返事をしないといけない年齢な気がする。

そのおじいさんが、若者ひしめく渋谷の居酒屋で、将来を高らかに語っていた。親友の顔にはしっかりとしたほうれい線が刻まれ、理由なく欠けた前歯が生きることの残酷さを物語っている。「お前十代の頃からそれ言ってるよな〜、しつこいよ!」と僕は返す。

僕と彼とは、小学校の頃からの付き合いだ。酸いも甘いも嚙み分けすぎて、味のしないガムというか、空気みたいな関係だ。彼が逮捕されようが億万長者になろうが、何か仕出かしたら真っ先にインタビューされそうな間柄だ。カメラマンになりたいとのたまった次の瞬間、デカいおならを一発して、彼はテーブルに突っ伏して動かなくなった。「まだ俺の将来の夢言ってない! 起きろ!」と僕は無理やり起こそうとするが、欠けた歯を見せ、ニヤニヤ笑いながら彼は完全に酔いつぶれて動かなくなった。

きっとほとんどの夢は叶わない。努力はほとんどの場合、報われない。世の中はそれでなくてもムカつくし、なんだかんだで税金だけは右肩上がりだ。メッセージを送ってくれたあなたの言う通り、ムカつくことばかりの世の中だ。そんな世の中で、「夢は叶う」なんて甘ったれたことを言う気に僕はサラサラなれない。そんなくそったれの世界だから、夢なんて叶ってても叶わなくてもいい。

　でも夢は持っていたほうが生きやすい気がする。それに夢を語れる相手がいたら、それだけで充分な気もする。どんな馬鹿げた夢でも、最後まで付き合ってくれる誰かがいたら、もうそれだけで半分勝ったも同然だ。酔い潰れて動かなくなった親友を見ながら、僕はそんなことを考えていた。

人生初の「出雲大社」

午前四時過ぎ、僕は出雲大社近くのコンビニの駐車場で、紙コップのホットコーヒーを飲んでいた。五十を越えてから、突発事故的に渋谷から島根県の出雲大社まで行くことになるとは、夢にも思っていなかった。

その日、渋谷の定食屋で、デザイン会社社長Mさんと食事をしていたとき、店のテレビに出雲大社を特集した番組が流れる。「出雲大社に一度ちゃんとお参りに行かなくちゃ」とMさんがテレビを眺めながらぼんやりと言う。「自分も一回も行ったことないんですよ」と僕。

「人生初の出雲大社への参拝、いまから行くか！」

満面の笑みでMさんはそう提案してくる。

「思い立ったが吉日ですよね」

実は、まったく行きたくなかったのに、僕は咄嗟に返してしまった。生まれ変わったら僕は僕以外になりたい、とそのとき思ったのに、さらに口が滑って「朝一番の参拝客になりましょうよ！」とダメ押しで言ってしまう。「それしかない」とMさん。そしてガッチリと握手。

彼の所有する黒のキャデラックの助手席に僕は乗り込む。出雲大社は午前六時から門が開く。カーラジオをつけることもなく、出雲大社までMさんはとにかく飛ばした。何の使命感なのか不明だが、乗りかかった船のキャデラックにこのまま乗りつづけたほうが得だ。もしくは乗らないと無意味だと悟り、「間に合いそうです！　いい調子です！」と僕はパリ・ダカール・ラリーで助手席に座るナビゲーターのように、Mさんを励ましつづけた。励まし過ぎて、ボロボロになりながらも午前四時前に出雲大社に着いてしまった。

出雲大社の周りは静まり返っている。荘厳な感じだ。いや、早過ぎた感じだ。

「少し寝るか……」Mさんがやっと人間らしいことを言った。「そうですね」と僕。スマートフォンで音楽を小さくかけるMさん。画面には「安眠のための音楽」とあった。渋谷にいたのが嘘のような島根県出雲市の静寂につつまれた明け方。Mさんは音楽が効果を発揮する前に、あっという間にいびきをかいて眠ってしまった。

僕はこういうとき、無駄に目が冴える。Mさんを起こさないようにゆっくりとドアを開け、近くにあったコンビニまで行って、コーヒーを買った。空気が隅々まで澄んでいた。道は誰一人、歩いていない。停まっている黒のキャデラックの中で、Mさんが爆睡しているのがわかる。

そのとき、スマートフォンが震えた。母から「昨日、病院に行きました」というメールが届く。内容は、検査をしたら良過ぎず悪過ぎずだった、というものだった。こんな時間に起きているのかと思い、暇過ぎた僕は、母に電話をかけることにした。

「どうしたの？」

眠そうな声の母が電話に出る。「いま、出雲大社の近く」と僕が告げると、

「ああ、昔、家族で行ったわよねえ」と母は懐かしげに言う。「えっ？　行ったの？」と僕は聞き返した。まったく憶えてなかった。母は家族で二度も行ったと力説する。そう言われると、目の前に広がる景色も、うっすらと見たことがある気がしてきた。

Mさんが相変わらず爆睡しているのが見える。若くもなく、暇でもなく、たいした使命感もないのに、早朝の出雲大社まで僕たちは来てしまった。

人生初の「連帯保証人」

人生で初めて連帯保証人になった。

「連帯保証人」という単語が繰り出されたら、「なれません」という言葉を速攻で返すべき身分なことぐらい、僕だってわかっていた。ただその相手の事情を僕はかなり知りすぎていて、断るという選択肢はなかった。

彼女と知り合ったのは、もう八年以上前になる。その日もまた仕事仲間と夜の街でしこたま飲んで泥酔していた。二軒目か三軒目、それすらハッキリしない状態で、横浜のキャバクラに入る。泥酔していたというのに、その手の店に行き慣れていなかったので、あっという間に酔いが覚めてしまった。そのとき、隣りに座って接客をしてくれたのが彼女だった。

しばらくして閉店時間になり、夜明け前の街に僕と仕事仲間は放り出される。仲間の一人が完全に路上でのびてしまって、近くのコンビニに僕はミネラルウォーターを買いに出かけた。

すると、「お疲れ様でーす」と、さっき隣りで接客してくれた彼女がママチャリを走らせ、鮮やかに僕の横を通り過ぎていった。「ママチャリとキャバ嬢」という構図がなんだか良くて、彼女が遠ざかっていくのをぼんやり眺めてしまった。その店にそのあと行くことはなく、彼女と会うことも二度とないはずだった。

それからずいぶん経って、僕は小説を書いた。ありがたいことに、発売記念トークイベントを新宿紀伊國屋書店でやることになった。トーク後、一人ひとりに不慣れなサインを書いていると、「久しぶり」と声をかけられた。彼女だった。

ネットの記事でイベントのことを知って、激励に駆けつけてくれたらしい。それからしばらく、文通をするようにＬＩＮＥのやりとりをする仲になった。

会うことはなかったが、連絡が途切れることもなかった。

「私、親がいなくてさ」と聞いたのはいつだっただろう。「キャバクラの寮か、風俗の寮以外で暮らしたことがない」という話を聞いたのは、再会してすぐの頃だったと思う。「一人暮らしをしようと思うの。就職もしようかなって」と彼女が教えてくれたのは、今年の初めだった。「で、賃貸マンションの連帯保証人なんだけどさ、やっぱ嫌だよね？」とＬＩＮＥが届いて、さすがに会って一度話をした。

しばらく見なかった間に、彼女はお母さんになっていた。お父さんはいなかった。彼女の決意と、まだ一歳の彼女の娘の笑顔を見て、僕は人生初の連帯保証人を引き受けた。「絶対変なことはしないから！」と彼女。そう言って、頑なに三十五万円を返さなかった友人がいたことを思い出したが、僕はそのとき「わかった」とだけ言った。いまのところ、彼女が言ったように「変なこと」にはなっていない。

でも、現実は簡単にいい話には落ち着かない。いろいろあって、また風俗の仕事を始めたことを彼女は電話で教えてくれた。別に僕に謝ることではないのに、電話口で彼女は何度も何度も謝っていた。彼女は、自分の子どもに謝っていたのかもしれない。わからない。

自分らしく生きる。

そんな一行で済むほど、生きることは簡単じゃない。

人生は「面倒くさい」

「やると今日決めたことを、明日なにがなんでも実行すること、やっぱり、それだけじゃない？」

僕は熱く幼馴染の男にそう語っていた。彼は、とある企業で企画営業をしている。その夜、コンペに負けて、新しい企画と繋がりを探していて、心あたりがあったら紹介してくれないかと頼まれた。僕は具体的にデザイン会社とクリエイターの名前と連絡先を提示した。すると彼は大喜びで、「明日すぐ連絡してみる」と言い、僕も早速その場で、何人かに連絡を入れた。彼が「仕事って結局、何が一番大切なんだろう？」とコロナビールをぐびぐび飲みながら言うので、「やると今日決めたことを、明日なにがなんでも……（以下、省略）」という冒頭の二行を告げた。「なるほどね」と彼もその場では理解してくれたように見えた。

しかし次の日、彼は紹介した相手に連絡していなかった。一週間経っても、彼は誰ひとりにも連絡せず、僕にも何の報告もなかった。

数カ月経ち、彼から連絡があり、飲むことになった。その夜、彼はいかにメジャーリーガーの大谷翔平選手が規格外で、僕たちと何もかもが違うのか、という持論を熱っぽく語り、「だからさー、俺たちとは出来が違うんだよ」と締める。その話のあとに頃合いを見て、何気なく彼に紹介した相手に連絡しなかったことなどをやんわりと訊くと、「あー、抱えてた仕事がトラブってて、対応できなかったんだ。ごめん、ごめん」と申し訳なさそうに言う。

大谷翔平選手みたいになれなかった僕たちは、自分なりに自分のベストを尽くして、仕事をしていかなければならない。「天才じゃないし、テキトーにいこうぜ」という話ではない。百歩譲ってそれでもいいが、メールくらいは送れる社会人にならないと、戦力外の通告をされても文句は言えない。メールを送る時間もないほどトラブったわけでもないだろう。本当は「なんとなく面倒くさかった」といったところだろう。

仕事のほとんどは、特殊な才能は必要ないと僕は思っている。どんな仕事も、時間を守り、相手（クライアント、発注者）の要望に応え、それなりの結果と利益を出すことを心掛けるだけではないだろうか。そこに愛嬌なんて乗っかれば、もう十分だ。

誰もが自分の中に彼のようなダメな自分を飼っている気がする。僕の中にも、そんなダメな自分がしっかりいる。眠いから後回し、面倒だから後回し、失敗したら恥ずかしいから後回し、別にやってもやらなくても給料に変化はないから後回し。そんな感じの囁きをしてくるダメな自分が確実にいる。そんなダメな自分を、なだめたり、すかしたり、叱ったりしながら、どうにかこうにか日々の面倒を乗り越えて、目を瞑り、行動してきた。

ときにダメな自分に押し切られ、完敗することだってある。生きていればそんなこともある。そんなときは一度は負けを受け入れ、連敗はできるだけしないように心掛けたい。人生は「面倒くさい」との戦いだ。

隙あらば「推し」を作り、恋する生き物

気の迷いでスポーツジムに入会してしまった。すでに辞めそうだが、一ヵ月は行こうと思っている。

行きつけのお好み焼き屋の店主が、「ボクササイズくらいやれば？」と自分が入っているところを紹介してくれた。スポーツジムに通うような知り合いが基本的にはいないので、出会ったことのない種類の人間を見物できるだけでも、入会した価値があった気がする。

ジムには昼からジャグジーにだけ入りにくる妖しいおばさま軍団、全裸になって自分の身体をあらゆる角度からチェックしまくるマッチョなサラリーマン、鋼《はがね》のボディのマッスルマン、ライザップのCM音楽が流れてきそうなご婦人

……（わかった、わかった）。

特に驚いたのが、男性インストラクターに追っかけのファンが存在していることだ。僕が通っているスポーツジムだけかもしれないが、ほぼ全員のインストラクターに追っかけがいる。

追っかけのほとんどは、三十代から四十代の主婦（と、おぼしきマダム）。彼女たちはインストラクターのシフトを把握し、汗を流して身体を動かすホストクラブにいるかのように、わかりやすく色目を使っている。帰りにプレゼントらしきものを渡したり、ＳＮＳに個々のインストラクターの応援アカウントを作ったりもしているようだ。人はどんな場所ででも、隙あらば「推し」を作り、恋する生き物なのかもしれない。

先日、家の近くのコンビニでアイスを買って、駐車場でガリガリ食べていると、黒髪と茶髪の主婦二人組がやってきた。

「王子いるかな～？」

茶髪のほうの主婦が言う。「いない！　いまはバックヤードじゃない？」と、ちょっとふくよかな黒髪の主婦がそれに答える。そのとき、「あっ！　いたいた！」と茶髪の主婦の声がワンオクターブ上がった。何気なく彼女たちの視線の先を追ってみると、大学生くらいのアルバイトの男性がおにぎりの棚出しをしている。「やだ、見られた」と茶髪の主婦はキャッキャとその場で小躍りする。そして満を持して二人はコンビニの中に入っていった。

アイスを舐めながら、彼女たち二人の動向をしばらく眺めることにした。彼女たちはなにやら見つくろって王子がレジに立つと持っていき、ペチャペチャ話し込む。後ろに他の客が並ぶと、スッと外して、その客が終わるとまた、レジの前にスッと戻る。そしてまたペチャペチャとおしゃべりが始まる。王子も慣れたもので、微笑みながら聞き流しているように見えた（見えただけかもしれませんが……）。コンビニというふだん使いの地にも、隙あらば推しを作っている人たちがいた。

今朝、仕事場に向かっているとき、自転車の後ろと前に幼い子どもたちを乗

せて疾走する、あの茶髪の主婦を見かけた。コンビニの前でキャッキャしていた顔が嘘のように、険しい顔だった。全身から「生活」という二文字が浮き出ていた。

マルチバースのない世界で、僕たちは生きている。そんなことはわかっている。ハッピーエンドもなかなか難しそうだ。そうなると「ここではないどこか」ではなく、「いつか王子様が」でもなく、隙あらば、いまそこにいる「推し」を見つけることのほうが、賢明なのかもしれない。

神も信用も細部に宿る

占いに凝っている知人がいる。一回三万円もする占いに、月に一度通っているらしい。いくらなんでもそれは高過ぎるし、通い過ぎでは？　と僕がギモンを呈すると、「当たり方がハンパないんです」と譲らない。

それどころか、奢るんで一度一緒に行きましょうと誘われた。最近は、渋谷の居酒屋で食事をする以外は、ほとんど仕事場にいる生活を送っているので、なんとなく承諾してしまった。「奢りは悪いので、半額払うよ」と知人には告げた。

当日、占い師の住む西新宿の高級マンションにふたりで出向くと、薄い紫色のストールを巻きつけ、これまた薄い紫色のシャツとスカートを身につけた五十代半ばくらいの女性が笑顔で迎えてくれた。薄紫色の妖精のような占い師の女性に導かれ、僕たちは広い応接間に案内される。立派なテーブルの上には、大きな水晶玉が鎮座していた。

「では早速始めましょう」と占い師が目を瞑って、水晶玉に手をゆっくりとかざす。

占い師の助言と指摘は、たしかに当たっているような気がした。具体的に僕の友達の名前を言い当てられたので、かなり信じたい気持ちになった。名前を言い当てられた友達は「原田」という男で、もう六年の付き合いになる。

「あなたの近くにいるハラダという男性が、仕事に良い影響を与えてくれるはずです」という占い結果だった。

「たしかに原田はいます……」

僕が唸るようにそう言うと、紹介した知人が嬉しそうな顔でこちらを見る。

占い師は「真ん中にあなたがいて、ご両親がいて、ハラダくんがいて……」と紙に相関図を書き出す。

そのとき、「あれ、ハラダの『ハラ』っていう漢字はこれで合ってましたっけ？」と紙に「厚」という漢字を書いた。「それは厚手のコートとかの『厚』ですね」と僕が指摘して、代わりに僕が「原」と書き込む。

「あー、そうだった！　そうだった！　最近、漢字が思い出せなくて」と占い師は照れ笑いを浮かべた。知人も「わかります～」と笑って流していたが、その時点で占い師への僕の信用は急降下していた。原田の「原」の字を見通せない人に、未来が見えるのかと思った。

高校の頃、僕たちの学校のすぐ近くに工業高校があった。工業高校と僕たちの高校は常に戦争状態で、中間地点にある公園に両校のヤンキー同士が集まって、よく喧嘩していた。

その頃、数少ない友達だったヤンキーの男に、工業高校側のヤンキーから届いた果たし状を見せてもらったことがある。いまなら喧嘩に関する連絡は、ＬＩＮＥで届くのかもしれないが（知らんけど）、まだ携帯電話がなかったので、紙の果たし状が存在していた。

きれいに三つ折りにされた果たし状には、達筆な字で「必ず殺します」的なことが書かれてあった。ヤンキーの友達は「礼儀正しいな、きれいな字だ」と深く感心していた。達筆な工業高校のヤンキーと僕の友達のヤンキーのあいだに何があったか聞いたけれど忘れてしまったが、彼らはいまでも付き合いがつづいているらしい。

原田の「原」の字を書けなかった占い師が、大袈裟に運命を語っている最中、神も信用も細部に宿ると、しみじみと考えていた。

スマートに奢り奢られるスキル

夕飯をよく食べる洋食屋で、お会計をしようとしたときだった。「もうお代はいただいております」と店主が言った。たまたま店で会ったテレビ局のプロデューサーの男性が帰るとき、僕の分まで払ってくれていたのだ。

すぐにお礼の連絡をしようとしたら、先方の連絡先を知らなかったことに気づく。仕方がないので、その男性と僕との共通の知り合いに連絡を取り、お礼の旨を伝えてもらった。

ＳＮＳでは、「男は女に奢るべきか?」という話題が定期的に炎上まじりで盛り上がる。男女だけでなく、会社の先輩後輩、友人知人との会食など、奢り奢られるはその時々のノリや関係性によるとしても、スマートに奢り奢られる

スキルは大切だ。「ここは私が……」「いえいえ、割り勘で」とか、「次の店は自分が」「ではでは」などなど、支払いのパターンは複数持っておいてスマートに使い分けたい。

今年、五十になった。出来るだけスマートにお会計の場面を乗り切れる大人になりたいと強く思っている。洋食屋での一件から、さらに意識するようになっていた。そして、本番と呼べるシチュエーションがやってきた。

ライターの男と入った渋谷の居酒屋で、二、三杯飲んで出ようとすると、奥の席に見知った顔があった。一緒に仕事をしたこともある制作会社の男性が、口をリスのように膨らませて、おにぎりを頬張っている最中だった。「あ、どうもどうも」と僕が遠くから挨拶をすると、モゴモゴしながら彼はわざわざ挨拶をしに、僕たちの席までやってきてくれた。

「今日は夕飯食べに来たんですか？」と僕が尋ねると、ロケハンで朝からずっと何も食べてなかったとのこと。「貴重な食事中にすみませんでした」と挨拶をして、僕とライターは、席を立ってレジに向かった。

自分たちのお会計を済ませたところで、店員に「あの奥の席のおにぎり食べてる人いるじゃないですか。あの席のお代も払います」と出来るだけさりげなく伝えた。彼のテーブルには、他に女性がふたり座っていた。軽くその女性ふたりにも会釈する。

「あ、少々お待ちください」と店員は、彼らの席のお代を計算しはじめる。我ながらここまでの流れはスマートだ。そう思いつつ、笑顔で待っているが、なかなか計算が終わらない。

すると、おにぎりを食べていた彼が、「お疲れさまです！」とその場で席を立って、改めて大きな声で挨拶してきた。女性ふたりもわざわざ立って、こちらに挨拶をしてくれる。いや、それだけでは終わらず、その横の席の男性と女性、さらにその横の席の男性四人、そしてさらにさらに横の席の男女四人も「お疲れさまでーす！」「ごちそうになります！」と続々と立ち上がって元気に挨拶を次々にしだした。制作会社の彼は、総勢十三人で飲んでいた。

僕がその光景に呆気に取られている最中、「あのう、お会計なんですけど、こちらになります」と店員の声がした。レジには、「¥88,000」と表示されている。箱根の高級温泉小旅行のような金額に目を疑った。

昨年、五十になった。出来るだけスマートにお会計の場面を乗り切れる大人になりたいと強く思っているが、まだ道半ばである。

僕から見える世界、彼から見える世界

暇つぶしで観ていたテレビ番組で、とあるチェーンのハンバーガーショップの社長が、お忍びでアルバイトとして自分のチェーン店で働いてみるという企画をやっていた。

いかにもヤラセっぽかったが、古参のアルバイトの男性が、社長扮する新人アルバイトに優しく教えたり、店への愛を語ったりと感動する場面も多く、気づくと涙を拭いながら観ていた。

歳を重ねるごとにいろいろユルくなるのは、どういうことなのだろう。人と普通に話しているときにツーと鼻水が垂れたことも最近あった。身体のあらゆる部分の水回りがバカになりつつあるのかもしれない。その番組を観ながらハラハラと涙を流しつつ、僕は二十代の頃にあった、ほぼ関係のない、六本木の夜の出来事を思い出していた。

その夜、僕はテレビ局のプロデューサーに連れられて、高級キャバクラにいた。場末の限りなくスナックに近いキャバクラには行ったことはあったが、座っただけで十万円レベルの高級キャバクラに行ったのは、人生で初めてだったので、作法がまったくわからなかった。

白い光沢のあるドレスを着た女性が、微笑みながら僕にウイスキーのソーダ割りを作ってくれた。一、二分話しては沈黙、二、三分話しては沈黙、がつづく。そうこうしているうちに制限時間の九十分が近づいてくる。「なんか、すみません」と僕はなんの謝罪かわからない謝罪を彼女にした。すると彼女は「あのお客さん、見てください」と僕に耳打ちをする。

彼女の視線の先には、ひとりの初老の男性が座っていた。横に座っている女性は、男性に静かに微笑んでいる。テーブルの上には高級そうなボトルとフルーツの盛り合わせ。

「あの方、たま〜に彼女目当てで来店するんです。ボトルをキープしていて、静かに飲んで帰るんですよ」

そう僕に伝える彼女の目は、憧れの対象を見るそれだった。「きれいな飲み方ができる大人の男性は素敵です。無理に話さなくてもいいんですよ」と彼女は笑顔を見せてくれた。「はあ」とだけ僕は答えていたと思う。

初老の男性はいかにも仕立てのいいスーツ姿で、たしかにほとんど話している様子はなく、彼女の目を見て、たまに微笑んでいた。

それからしばらく経ち、徹夜仕事がつづいた夜のことだ。僕は六本木一丁目の、とあるコンビニに夜食を買いに入る。寝不足で、とにかく食事をして一刻も早く眠りたかった。カップ焼きそばと飲み物を無言でレジに持っていく。

「お箸は?」とアルバイトの男性。「お願いします」と僕。

「はい」

そう言って顔を上げたアルバイトの男性と目が合った。

「あっ……」

心の中で声が漏れた。コンビニのユニフォームを身にまとっていたのは、間違いなく物静かにきれいな飲み方をしていた、あの初老の男性だった。思わずジーッと僕は見てしまう。男性は黙々と商品を袋に詰め、僕に渡してくれた。「ありがとうございます」と言って店を出た。それだけだ。

まったくの他人として生きてみることで、初めて見えてくる世界がある気がする。「もし」の自分を演じることで、生きていける現実もある気がする。彼の真似はできないが、気持ちはわかる気がした。妙にこの出来事を忘れることができない。

「立派」は正しくて疲れる

現在、仕事で接する人たちはとにかく優秀で立派な人が多い。時間は守るし、ミスも少ない。「すいません。データ消してしまいました！」なんてことは一切起きない。最終学歴も優秀で立派、犯罪歴もない。勤務先は、出版社、ラジオ局、テレビ界隈に広告業界で、だいたいみんなちゃんとしている。

今日も打ち合わせが三つあった。三つともちゃんとした人たちが、ちゃんとした話をして、無理難題は言わず、適度な雑談を交え、見事に着地させて終わった。僕としては何ら不満はない。

昔、日本人は二人だけ、あとはブラジル人という工場で働いていた者としては、不満などあるわけがない。なのになぜか一日が終わって、シャワーを浴びているときなどに、深呼吸というには深すぎる、ため息が漏れてしまうことがある。箸休めのない、脂分多めのコース料理を食べさせられているような気がしてくる。

「立派」に囲まれていると、たまに雑味まみれの人間に会いたくなる。塵一つない部屋は綺麗だが、その部屋に閉じ込められると、息が詰まるはずだ。ちょっと散らかった部屋のほうが、ほんのり安心できる。

冷蔵庫の中にはいつも、アイスクリームとあんずボーが雑に入っているような家庭で育った。母親はサッポロ一番の粉末スープを半分使って、半分残った袋を輪ゴムで留め、冷蔵庫で保管するような人だった。それを何かに使ったところを見たことはないが、とにかくそういうちょっとしたスープの素やガリの袋、何かのソースなどを、冷蔵庫の隅に大量に溜め込んでいた。

冷蔵庫は常に満員御礼。その中から、スライスチーズを見つけて、一枚ペロッとめくって食べたり、麦茶のポットを出して、コポコポとコップに注いで飲んだりするのは、僕にとっては至福の時間だった。

仕事場の近くに長崎ちゃんぽん屋がある。店主がひとりでやっている、カウンター八席だけの店だ。最近は週に一度くらいは食べに行っている。店主はかなりマイペースで、トレードマークは漫画のようなチョビ髭に、ガリガリの身体。

昨日も昼時になっても店を開けずに、店の前でTikTokを撮影している女子高生二人組を、愛でるようにニヤつきながら眺めていた。「やってますか？」と僕が声をかけると、本業を思い出したらしく「ああ……」と支度をし出した。カウンターの奥の席に座った僕の前に、コトンと水の入ったコップが置かれる。「いま、製氷機が壊れちゃって。常温なんだけどいい？」と店主は言う。「ああ……」と今度は僕がそうつぶやく。「常温の水道水なんて飲めるか！　って昨日、サラリーマンにキレられてさー。店閉じようかと思ってるの」と店主から突然の告白。「え？」と僕は動じざるを得ない。

「キレられてまでやる仕事なんて、この世にないと思うんだよね」

僕の注文したちゃんぽんを雑に作りながら、店主は開き直ったように独自のビジネス哲学を披露してくれた。

「立派」に囲まれていると、たまに雑味にまみれたくなる。「立派」は正しくて疲れる。最近は、日々の「立派」を近所の長崎ちゃんぽん屋の店主でど〜にか相殺しながら、毎日をど〜にか、こ〜にかやり過ごしている。

あの日の燃え殻
その3
大橋裕之
高校2年生の燃え殻は
放課後ひとり悩んでいた
今手にしている風船のことで
実はこの風船
文化祭の飾りに
使われたもので
文化祭
燃え殻が密かに
恋心を抱いていた
真島さんが膨らませた
風船だった
フ
燃え殻は真島さんの
風船の位置を覚えて
いたので
エンジョイ文化祭
あと片付けの時に
なんとなく持ってきてしまった
のだ

別に真島さんと
間接キスしたいとか
真島さんが吹き込んだ
息を吸い込みたいという
考えはなく
ただなんとなく
もったいないと思ったのだ
あのー
すみません
もしよかったら
その風船
いただけないでしょうか？
この子が
どうしても欲しいって
言うこと聞かなくて…
あ…
いいですよ!!
ほら
わー
ありがとうございます!!
よかった…
おわり

がんばれ人間！

何度か書いた気がするが、僕の仕事場は渋谷の道玄坂近くにある。この界隈は、コロナの影響をもろに受けて、多くの飲食店が閉店に追い込まれた。カレーうどん屋から回転寿司店、それに風俗店も何軒か潰れてしまった。

その空き物件にやっと新しい店が入り始めている。ウイルスも相当しつこかったが、人類はそれ以上にしぶとかった。がんばれ人間！

夕方、いつものように界隈を散歩していると、セクシーパブが潰れた場所に新たなセクシーパブがオープンしていた。「よっ！　人間！」と思わず「中村屋！」みたいに声をかけたくなるほど、人間のたくましい姿に嬉しくなる。

知り合いの編集者は、コロナ禍中にリモート飲み会で知り合った女性と付き

合い始め、リモートで喧嘩して別れ、いまはマッチングアプリで知り合った数人と同時に付き合いつつ吟味中らしい。やはり人類はウイルスも呆れるほどに貪欲な生き物だ。

　コロナ禍が始まる直前、何度か通った新宿にあるバーは、一風変わっていた。バーテンダーが全員現役のマジシャンという、マジックバーだった。看板にそう謳っているわけではないので、予告なしで始まるマジックショーに、何も知らない客の多くは手を叩いて喜んだり、驚愕の声をあげたりと、客を飽きさせないバーだった。カードマジックを教えてくれる教室を昼間にやっていて、自由業の特権で参加したこともあった。

　それがコロナ禍になり、パタリと行かれなくなってしまう。知り合いから、マジックバーは閉店したらしいと聞いたときは、かなりショックだった。カードマジックとテキーラの一気飲みが得意だったオーナーのツイッターアカウントも気づくと消えていた。コロナはやはり多くの人の人生を狂わせてしまっていた。

やっと人を誘って飲むことが多くなってきた。僕もコロナ禍の前のように、新宿に顔を出すことが増えた。

この間、新宿のゴールデン街で飲んでいたとき、ふとマジックバーのオーナーを思い出し、あのバーが入っていた雑居ビルへ行ってみることにした。すると、店のあったフロアには煌々と店の看板が点っている。ドアを開けると「いらっしゃい」と、カードマジックとテキーラの一気飲みが得意なオーナーが迎え入れてくれた。他のマジシャンの方々の顔も見える。

「よかった〜、閉店したかと思っていましたよ!」と言いながら座り、「じゃあ、ジンリッキーで」と頼むと、オーナーがおもむろにスプーンを持って、「とりあえず挨拶がわりに」とマジックを始める。僕の横に座っていたOL風の女性ふたりはキャッキャ言いながら、スマートフォンで動画を撮りだした。

壁際に立っていた店員は突然、店内の電気を暗くして、オーナーにスポットライトを当てる。程なくして、オーナーの持っていたスプーンがグラグラと曲がる。OL風の女性ふたりから歓声が上がった。オーナーはふたつに折れたスプーンを僕に差し出し、「ようこそ、超能力バーへ」と言った。やはり人類はウイルスも呆れるほどに貪欲だった。

「人は歳を取ると丸くなる」という説

コンビニのレジに並んでいると、僕の前のおばあさんが、アルバイトの女性となにやら揉めている。

「なんでスプーン、くれないの！」

おばあさんの大声が店内に響いた。事情はなんとなくわかるが、とにかく声がデカすぎる。僕はそのやり取りが終わるのを後ろでジッと待っていた。

「なんでスプーン、一本しか入れてくれないの！　一本じゃ足りないでしょ！」

おばあさんがそうつづけてシャウトした。先ほどとは話が違ってくる。難癖の可能性が高くなってきた。

後ろから覗くと、おばあさんはレトルトのカップスープを一個、買おうとしているようだ。アルバイトの女性がプラスチックのスプーンを、怯えながら大づかみで何本も渡している。難癖１００％だ。おばあさんは「最初からそうしてよ！」と、とどめの一言。ＳＤＧｓの前に、人間失格なままで年老いた人が目の前にいた。

「いい加減にしろよ、うるせえなあ！」

僕と店にいた他の客が言いたかったことを、後ろに並んでいた若者が代弁してくれた。「あんた、何者？」とおばあさんは食ってかかった。「このコンビニの客です」と清々しいほどのカッコいい一言。

「あたしも客よ！」

おばあさんもキレのいい捨て台詞を吐き、大量のスプーンを持参したレジ袋に入れて出て行ってしまう。アルバイトの女性が「どうぞ」と気丈に僕に言った。

「人は歳を取ると丸くなる」という説はまったくの嘘だと、そろそろ国連あた

りから発表してもらいたい。自分が五十歳を迎えて思うのは、だんだんと地球にも慣れ、社会のルールを知りつつも、人生の後輩たちが仕事場や街に溢れ、気が緩むと世の中を舐めがちになり、丸くなれてないということだ。

某制作会社でプロデューサーをやっている知人の男は、僕と同い歳だが、会社の中で一番年長ということもあり、とにかく舐め切った感じで仕事場を闊歩している。

とある案件で先日、そんな彼に「打ち合わせがしたい」と言われたので、彼の仕事場まで行くことになった。彼は部下を二人従えて待っていた。開口一番、「○○って映画観た？　あれ傑作！」と映画好きの彼らしい一言から打ち合わせは始まる。「まだ観てないんですよ」と僕は答える。彼は「お前らは観た？」と部下二人に訊く。笑みを浮かべ、「まだなんです〜」と答える部下たち。「俺、バルト9とTOHOシネマズのどっちで観たと思う？」と質問（質問というより愚問）を部下たちにした。「えっと、バルト9ですか？」と部下A。「ブブ〜、試写室でした〜」と彼は誇らしげに答えた。

部下二人は間髪を容れずに「さすがです」「わかりませんでした」と合いの手を入れる。よく調教されている。もしくは、部下二人の間髪を容れずの気遣いが半端ない。

たまに自分しか答えを知らないクイズを出す大人に出会う。このあとも、「自分しか答えを知らないクイズ」を彼は出しまくり、「ブブ〜」を言いまくっていた。彼を見ながら、こうはなりたくないと心から思ったが、時々、気が緩むと危うく世の中を舐めがちで、「自分しか答えを知らないクイズ」を出しそうになってしまう。

この世の後輩たちに迷惑をかけぬよう、自分の舐めや丸さには、できるだけ敏感でありたい。

必殺「まったく勉強してきてない」

朝一番で、喫茶店で打ち合わせをしているとき、その編集者に頼まれていた短いコラムを昨日送ってあると伝えると、「あ、すみません！　メールちょっと返せてなくて」と慌てられたあと、即座に「〆切り、きっちり守りますねえ〜」としみじみと感心され、なんとなくうやむやにされた。きっとこの編集者はまだ、原稿を送ったメールを開いてもいないだろう。

でもいいのだ。〆切りは昨日だったのだから。あなたに伝えてあるのは、仮の〆切りだよ、ということは知っているが、僕には関係ない。仮だとしても、希望はその日だったのだ。もし遅れそうな場合は、事前に連絡するようにしている。

僕はテレビの美術制作の仕事をしていたとき、品質よりも納期、つまり〆切り厳守が絶対となっていた。生放送用に発注されていたテロップが、生放送に間に合わなかったら、どんな言い訳をしても許されない。

遅刻と〆切り破りは万死に値するという仕事を、二十年近くもやってしまったことの習性なのか、ものを書くようになってからも、〆切りを守れなかったことはほとんどない。たまにどうしてもダメなときもある。そんなときも〆切りの数日前に連絡して、先に詫びを入れ、謝罪している。それはもう僕の中に染みついてしまった習慣のひとつだ。

ただ、この仕事をしていて驚くのは、「いま取りかかっている俺の原稿の〆切り、本当はいつだったか知ってる?」と自分で話を振って、こちらが答える前に「半年前なんだよね」と誇らしげに言ってのけるような作家をたまに見かけることだ。

テストの当日、「まったく勉強してきてない」という言葉を吐いた人間が、本当にまったく勉強していないことは稀だ。ほとんどの場合、実は勉強はしているものの、たいしてやってなく、悪い点を取ったときの予防線を張っているようなものだ。

「〆切りに間に合わせるため、今回はとりあえずの原稿を仕上げた」的な言い訳も、「まったく勉強してきてない」に近い成分で出来ている気がする。こういう人は、プライドが誰よりも高く、心が二枚目なことが多い。自分のプライドが傷つくくらいなら、みんなの前で先に裸踊りをするタイプだ。

正直、痛いほど気持ちはわかるが、傍から見ると全部バレているので、自分はできるだけそういう言い訳や言動はしないように注意している。

「すべてを出し切った人間にしか次はない」

そうインタビューで語ったのは、亡くなった尊敬する作家だった。家賃に電気代、ドトールのコーヒー代まで、基本的にはものを書いて稼いでいる。未だに「小説とは何であるか?」とか「エッセイは、どうやって書いているのか?」といった問いには、うまく答えられないでいる(きっと答えなんてないと思うのだけど)。

僕はこの週刊新潮での連載ページのことを人に伝えるとき、「エッセイを連載しています」と必ず言う。でも、週刊新潮のSNS公式アカウントでは「連載」や「エッセイ」ではなく、「今回のコラムは……」と紹介されている。どこもかしこも曖昧模糊とした取り決めで、なんとなく世の中と日々はつづく。

「〆切りはだいぶ過ぎている」という作家っぽい言葉に酔っ払ってる場合ではない。納期くらいは守って、つづけていくしかない。

「ニャ～！（わかったか）」

最近よく行く目黒の喫茶店で、ディレクターの男と仕事の打ち合わせをしていた。

その喫茶店は、店主が脱サラをして始めたらしく、接客はまだ多少ぎこちないけれど、店内の隅々まで、店主のこだわりで溢れている。

美しい木目のカウンター、一つひとつ違うコーヒーカップとソーサー。店主が自ら撮ったモノクロ写真が壁に飾られ、八十年代ロックが絶え間なく流れている。それになんといっても、この店には、丸々と太った黒猫がのしのしと徘徊していて、見ているだけで癒される。

打ち合わせがひと段落すると、ディレクターが人生相談と愚痴の中間みたい

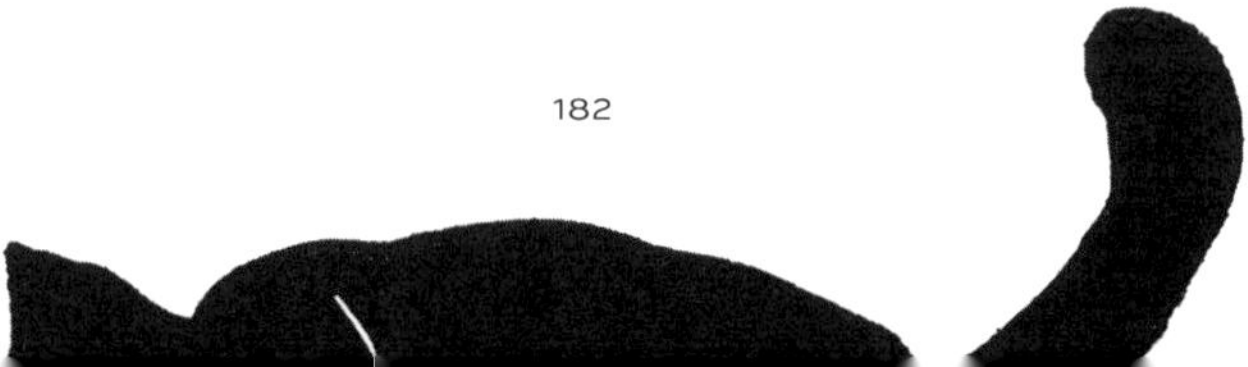

な話を始めた。

「昨日、社長にキレちゃいました。二年我慢しましたけど、もう無理でした」

昨日の怒りがまだ収まらない様子で、ディレクターは大きなため息をついた。

「俺の二つ下の後輩、覚えてます？　俺がキレたら、社長側についたんですよ。どう思います？」

「ワナワナ」という描き文字が額に浮き出て見えそうなほど苛立っているディレクターに「まじかー」なんてどうでもいい相槌を打つ。

「それで話はここからなんですけど……」

彼の怒りのエンジンがさらに火を吹く五秒前、僕のほうはすでに聞くのが面倒になっていた。そのとき、店の中を自由に散歩していた黒猫が、ストーブの前でゴロンと腹を見せて寝転がった。僕はあまりの可愛さに目を奪われる。

ディレクターは怒りに任せて喋りまくり、「人間関係って本当に面倒ですわ……」と雑に締めた。そのタイミングで、黒猫はゴロンと一度だけ体勢を変えた。話に飽きている僕と体勢を変えた黒猫の目が、ピタリと合った。

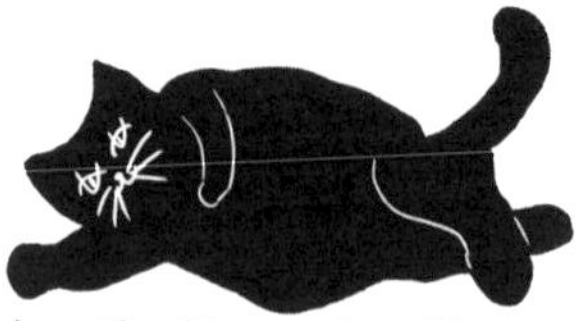

しばらくフリーズしてこちらを見ていた黒猫が、のしのしと歩き始め、僕の足元まで時間をかけてやってきた。僕が撫でようとすると、「背中でなく、腹にしてもらっていい？」と言わんばかりにゴロンとふたたび腹を見せる。

世の悩みのほとんどは人間関係だとよく言われる。当たっている気がする。だとしたら、人間関係の悩みを、人間だけで解決しようとするのは、こんがらがりそうだ。ゴロンと転がった黒猫は、「おい、早く撫でろよ！」という顔をして、「ニャ」と短く鳴いた。

黒猫には、「空気を読む」という真摯な態度や気遣い、忖度はまったくない。敬語も相槌もなく、「ニャ〜」だけで片付ける。目標もノルマも、夢や希望も別になさそうだ。ただ生きる。寒いと思ったら、暖かいところへ行く。お腹が減ったら、ごはんを食べる。喉が渇いたら水を飲む。ただそれだけだ。生き物とは元来そんなものだと、腹を見せながら黒猫は教えてくれているようだった。

気づくと、ディレクターの男が、注文していたナポリタンに無言で食らいついていた。昨日から何も食べていなかったらしい。

怒ったり落ち込んだりしたときは、飯を食ったり、休んだりしたほうがいい。暖かい場所でぼんやりするのもいい。人間だけじゃなく、時々、猫や動物たち、森や空と会話するといい。「ニャ〜！（わかったか）」と黒猫が寝転がりながらそう言った気がした。

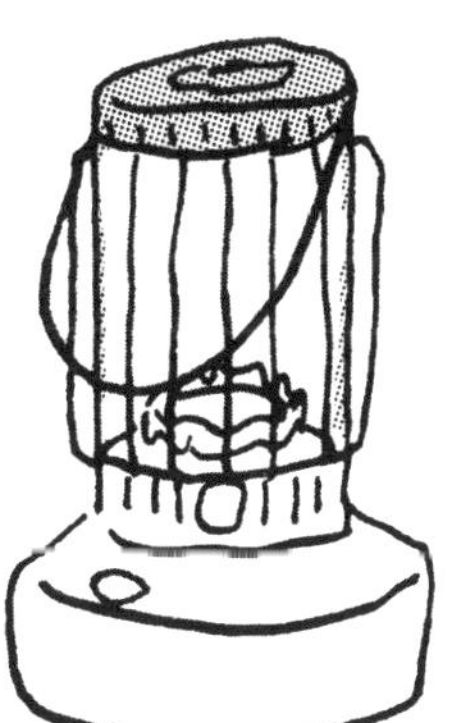

子猫のマッサージ

「首筋、すごく凝り固まってますねえ」

　そう言ってマッサージ師の男は、僕の耳の後ろ辺りを力強く押した。いや、力強く押しているはずなのに、まったく力や押しが伝わってこなかった。体重のかけ方に問題があるのかと思ったが、「押す」だけでなく「揉む」でも力がこちらに伝わってこない。このマッサージ師の男は、子猫程度の力しか持ちあわせていなかった。

　その日は徹夜で原稿を書き、そのまま打ち合わせを敢行して（打ち合わせはうまくいかなかった……）、かなり疲弊していたので、たまたま見かけたマッサージ店に、何も調べずに入ってしまった。「では、よろしくお願いします」

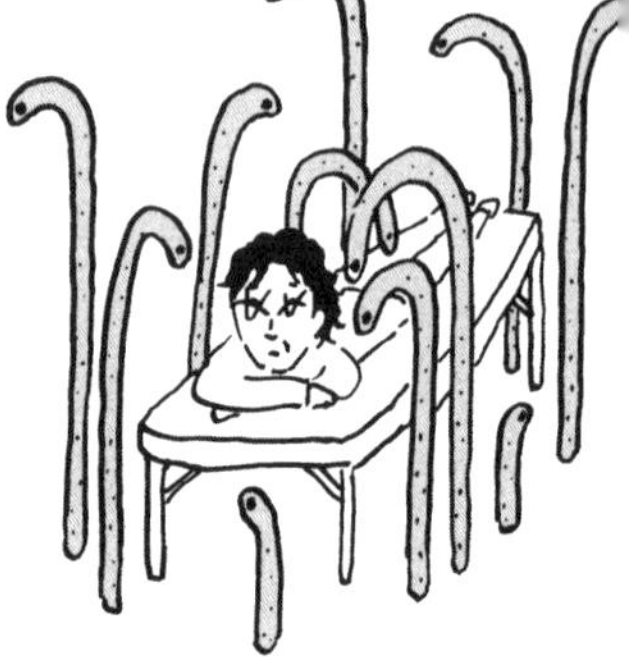

と言いながら出てきた白衣の男は、チンアナゴに似ていた。とにかく全身、棒のように細い。背は高い、でも細い。多分、内臓入ってない。

そのチンアナゴが「まずは、うつ伏せで」と言うので、それに従って僕はうつ伏せになる。「始めます」と、おもむろに背中全体を触りはじめるチンアナゴ。

「強かったら、遠慮なく言ってくださいね」

チンアナゴは強気だ。

「あー、これは凝ってますね」

チンアナゴはそう言いながら、背中や肩を押しているようなのだが、それがとにかく弱すぎる。愛撫しているみたいだ。

「すみません、もう少し強めでお願いします」

僕は遠慮なく、そう伝えた。こちらはとにかく疲れと凝りを解きほぐし、揉み出してほしいのだ。「このくらいでどうでしょう?」とチンアナゴ。「え、変わった?」と即返したくなるほど強さは変わらない。仕方なく、「すみません、

もうちょっと強めで」と再び遠慮なくお願いする。

「あー、そうですか。はい」

チンアナゴの明確な不機嫌さが、声から伝わってきた。力自体はたしかにさっきよりは増した。でもそれは「微弱」が「弱」になったくらいの差だった。

「本当に申し訳ないんですけど、あともうちょっとだけ強めでお願いできますか？」

嫌われついでに、僕はダメ押しのようにもう一度懇願する。

「あー……、はい。揉み返しとか明日気をつけてくださいよ」

チンアナゴは子猫程度の力で押しているだけなのに、「揉み返し」という単語を出してきたので、うつ伏せのまま心の中で小さくキレた。

「彼はきっと指を全部骨折しているのだ」

そう自分に言い聞かせながら、微弱から弱ほどのマッサージを僕は受けつづけた。

「自分、この道二十年以上なんですが、お客さんがいままでで一番くらいに凝

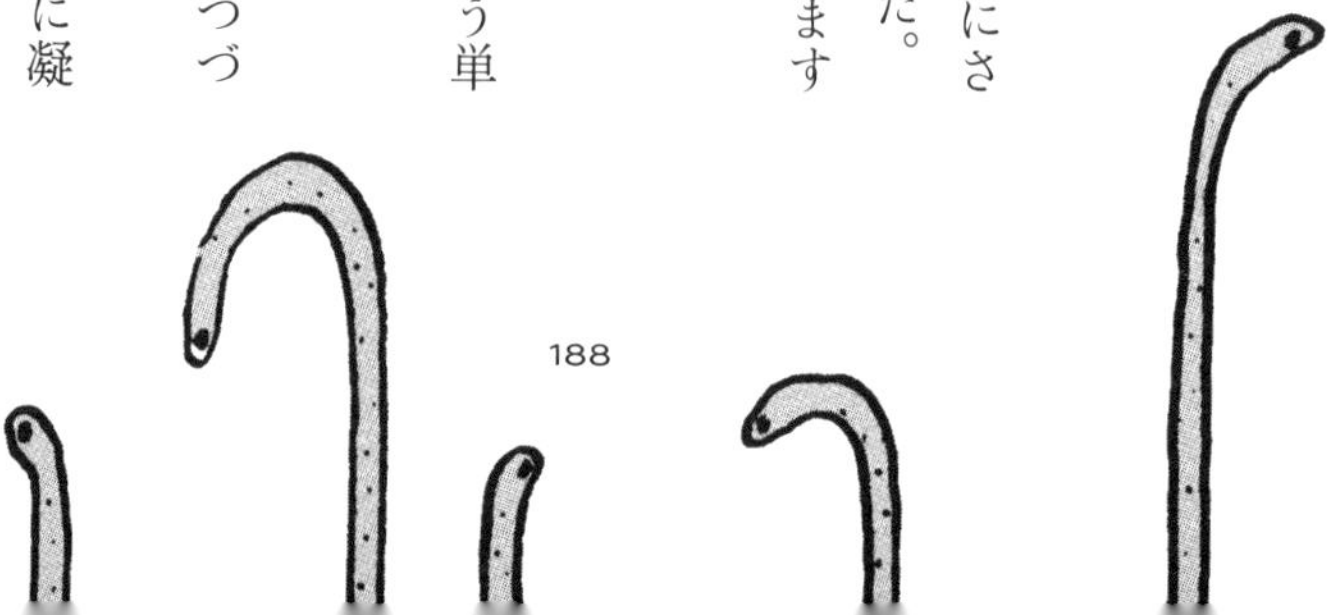

ってますよ」

仰向けになるタイミングで、チンアナゴが、やれやれという感じでそう話しかけてきた。

「二十年以上！」

思わず声が漏れてしまった。こんな子猫のマッサージを二十年以上繰り返し、商売が成り立ってきたのか……。打ち合わせがうまくいかず、社会人として自信をなくしていたその日の僕には、これ以上ない応援歌に聴こえた。

子猫の施術が終わり、待合室でハーブティーを飲んでいるとき、マッサージ師各々が写真付きで紹介されているチラシが、壁に貼ってあることに気づいた。先ほどのチンアナゴの写真もある。名前の下に「代表」と明記されている。再びアルプススタンドから応援歌が響きはじめた。

まだらな僕と、まだらな誰か

ユーロスペースという映画館は、渋谷区円山町《まるやまちょう》のかなり急な坂道の中腹あたりにある。いまでは少なくなった東京のミニシアターの老舗のひとつだ。仕事場がユーロスペースの近くにあるので、週に一度くらいはなんだかんだで立ち寄ってしまう。

去年の夏あたり、ユーロスペースのビルの一階にあるカフェで編集者と打ち合わせをしていると、車イスの女性がエレベーターから降りてきて、坂道を下ろうかどうしようか躊躇している様子だった。

そのとき、編集者が心配そうに「大丈夫ですかね？」と女性のほうを見ながらつぶやいた。その言葉に後押しされるように、僕は彼女の元まで走っていき、

「手伝いましょうか？」と声をかけた。女性は「すみません。坂の下まで手伝ってもらってもいいですか？」と申し訳なさそうに言う。

「なんのなんの」と僕は車イスを慎重に押して、坂の下まで運んだ。傍らには、編集者も付き添っている。

「行きは友達が押してくれたんですけど、帰りはどうしよう？　って、映画を観ている間中ずっと気になっちゃって」と女性は笑いながら言う。軽く雑談をして僕たちは別れ、また坂を上ってカフェに戻った。それだけの話だ。

だが、正直僕は編集者がいなかったら、車イスの女性のところに、すぐさま駆けつけられたか疑わしい。なんの申し訳なさかわからないが、後日、『あのとき、声をかけてくれなかったら、僕はあの女性のところまで、走って行かれなかったと思います』と編集者にＬＩＮＥを送った。どこでもスッと行動に移せるほど人間ができていない。

こんなこともあった。地下鉄で座っていると、途中から乗ってきたおばあさんが、僕の目の前で吊り革を摑む。すぐに席を譲りたかったが、なんとなく立って声をかけるタイミングを逸してしまい、僕は寝たフリをしてしまった。

別の日、同じ路線の地下鉄に友人と座っていたときのこと、今度は老夫婦が乗ってきた。友人が「あっ……」とふたりに気づく。僕は彼のつぶやきを合図に「どうぞ」と老夫婦に声をかけることができた。友人は僕のその行動を見て、慌てて席を立った。友人の優しさと気づきを、横取りしてしまったような申し訳なさが、後からじわっと湧いてきた。

週に一度くらいユーロスペースに通っているせいか、あのときの車イスの女性と再会した。僕はまた編集者と進まない原稿についての打ち合わせをしていた。何気なく外を見ると、あのときの女性が手を振っている。どうもどうもといった感じで近づくと、彼女は坂の下まで車イスを押してくれる友人と一緒だった。

週末だったからか、その日、渋谷界隈は人でごった返していた。この前、僕たちと別れたあと、彼女が道路の段差に困っていると、僕たちの手伝う姿を見ていた若者が手を貸してくれたという。ユーロスペースから一人で降りていける、比較的安全なルートも、彼女は見つけていた。

まだらにしか行動や親切を発動できないとしても、まだらでも発動できるときに発動しておけば、僕以外のまだらな誰かが、僕のまだらを補ってくれるだろう。

「なりふり構わず」の挑戦

「でも世間体がさ……」と友人が冷ややかな顔で答えた。

彼はいまの仕事を、一生の仕事とするかどうかで悩んでいた。

彼は本当はカメラマンになるのが夢だった。小学生の頃、父親が持っていた一眼レフカメラを借りて、友達や家族を撮っていたとき、いかに楽しかったかということをその夜、力説する。「だったら、いまからでもカメラマンを目指したら?」と僕は告げた。「でも世間体がさ……」と彼は返してくる。それもそうだ、彼も僕も今年五十歳になった。

彼に出会ったのは十代の頃だ。その頃からカメラマンになりたいという夢を直接聞いていた。「でも親の手前さ……」と十代の頃は話していたと記憶している。

三十代の終わりくらいに、一緒にタイ旅行に行ったことがある。彼は印刷会社で働いていたが、「タイの子どもたちの写真を撮りたいんだけど、一緒に行かない？」と誘ってくれた。「まだ写真撮ってたんだ」と僕が言うと、「趣味だけどね」と彼は笑いながら言った。タイという国を一度見てみたかったこともあり、彼の撮影旅行に同行することにした。

プーケット島での夜、シンハービールで乾杯しながら、夢について同じようなやりとりをした。薄暗いバーで、かなり酔った彼は「本当は写真で食っていきたい、だけどさ」と、最後までうだうだ言っていた。

「やっちゃえよ」

僕も酔っていて、煮え切らない彼に半分ムカつきながらハッパをかけた。彼は「まあ〜でもさ、俺には家族も出来たしさ……」と残念そうなそぶりを見せた。

僕も彼も否応なく今年五十歳になった。「お前はいいよな」と彼は僕に言う。

四十三歳から物書きをやっている僕を、彼は最近会うたびに羨ましがる。「俺の母親も、お前の本を読んでるって、この間、話してたよ」と、ため息をつくように言った。

僕が小説を書いてみようかと思うと言ったとき、親族はもちろん冷ややかな反応で、仕事仲間からは「食っていけるわけないだろ」と笑われた。彼にも、「まともに生きろよ」と居酒屋で真剣に説教された。

あのとき、僕にはもちろん「食っていける」自信などなかったが、一度くらい「なりふり構わず」という行為をやってみたいといった欲求だけはあった。もしダメだったら、法事などの冠婚葬祭時に「だから言ったじゃないか」と笑われる程度だと腹をくくっていた。友人知人にはしばらく会わなければいい、くらいに思っていた。その頃通っていたゴールデン街のママに「成功するためにやるんじゃない。納得するためにやるんだよ、人生は」と背中を押してもらったことも大きかった。

いつか、この週刊新潮の連載が終了を迎え、あらゆる仕事のオファーがなくなっても、僕はきっと日々なにかしら物を書いて生きていく気がする。「なりふり構わず」の挑戦は、そのうち仕事ではなくなり、「生き方」か「暮らし」のようなものになった。やっと、納得できたんだと思う。

あらゆる年代で言い訳を繰り返してきた彼に、最後通告をするかのように、僕はそんな話を明け方までずっとしていた。

「いままでに有名人に出会ったことないんだよ～」

有名人と街中で遭遇する人と、まったく遭遇しない人がいる。僕はかなり遭遇してしまうほうの人だ。

前に街中で、マスクをして帽子を被っていた女性とすれ違った瞬間、すぐにとある俳優さんだと気づいた。一緒にいたライターにそのことを伝えたら、「見間違いじゃないの？」と一度は疑われた。けれど、近くのカフェにそのあと入ると、マスクと帽子を外した姿でさっきの女性が座っていて、やはりその俳優さんで間違いなかった。

「なんでわかったんですか？」と興奮気味に聞いてきたライターは、いままで

に一度も街中で有名人に遭遇したことがないという。プロ遭遇師から言わせてもらうと、本当は遭遇しているが、見つけることができていないだけなのである。

新宿ゴールデン街は、ノーサイドの極みのような場所で、有名人が突然現れてカウンター席で飲み始めても、「ああ……」ぐらいでやり過ごすことが多分マナーだ。プロ遭遇師の僕も、有名人レーダーをオフにして飲むことにしている。

街中で有名人に遭遇したことがないと言い張るそのライターと一緒に、先日新宿ゴールデン街の行きつけのバーに行った。店に入る前にライターは通りすがりの友人二、三人に声をかけられていた。彼はとにかく友人が多い。

行きつけのバーはその日、奇跡的に空いていて、しばらく客は僕たちふたりしかいなかった。ほどほどにアルコールが回った頃、入り口のドアが勢いよく開き、「お疲れ様でーす！」とすこぶる元気な若い男性が入ってくる。振り返るとそこには、BE:FIRSTのLEOくんがキラキラした瞳で立っていた。

僕はすぐにライターにLEOくんを紹介しようと思ったが、ライターのほうが先にLEOくんに声をかけた。「君、いい体してるね。肩幅も広いし〜」と。LEOくんは笑顔を見せながら、ライターにお辞儀をする。そして、「自分もハイボールで」とマスターに声をかけ、僕の隣りに座った。

ライターはそこでまたしみじみ、「きっとダンスとか、プロレスとかやったほうがいいと思うよ〜」なんて、日本が誇るダンスボーカルグループの一員に向かって言ってのけた。その呼びかけにLEOくんは間髪を容れず、「やったほうがいいっすかね？　考えてみます！」と僕の肩をバンバン叩きながら笑顔で受け答えしていた。

そこからしばらく仕事の話は抜きで雑談し、ライターは「いままでに有名人に出会ったことないんだよ〜」とLEOくんにこぼす。

「そうなんですね〜」

終始笑顔のLEOくんがそう答える。

次の日が早朝ロケだったLEOくんが先に帰る直前、「また絶対飲みましょ

うね！」とライターとハイタッチしている。
彼を見送ってまたふたりしか客がいない店に戻ったとき、「実はさっきの若者さ〜」と答え合わせをしてみたら、ライターは持っていたグラスを落とすくらい驚いていた。ただ、先入観を持たずに、どんな人とも接することができるほうが、最終的には多くの人と繋がれる気がする。自分の無駄なプロ有名人レーダーを、ポキリと折ってしまいたくなった。

人に出会う才能

人はそれぞれ、何かしらの才能はあると僕は思っている。

二十代の初め、横浜の郊外の工場で働いていたとき、休憩室の煙草の吸殻捨ての掃除はアルバイトが交代でやっていた。

その順番が僕に回ってきた日、煙草の吸殻を捨てるバケツに水をはることを忘れ、ボヤ騒ぎを起こしてしまった。火災警報器のベルが工場中に鳴り響き、社員とアルバイトは一度工場の外に避難するという大騒動になった。工場長が「今日の清掃当番は誰だ？　自分から名乗り出ろ！」と怒鳴り散らす。

煙草の吸殻捨ては、当番の名前が明確にリスト化されていたわけではなく、アルバイトの中で順々に回していたので、名乗り出なければ、上にはわからない。ただ、僕が犯人だということはその日出勤していたアルバイトの全員が知っていた。そのアルバイトのほとんどはブラジル人で、日本人は僕ともうひとりだけだった。観念して、僕は手を挙げようとした、そのときだ。

「わたしです」と、アルバイトの取りまとめをしていたチーフのブラジル人男性が手を挙げる。彼は僕のほうを一瞬だけ見て、首を振った。「何も言うな」と無言で言われた気がした。横にいた別のブラジル人男性が、ポンポンと僕の腰辺りを軽く叩く。犯人に名乗り出たチーフは厳重処分が下り、降格になってしまった。

処分が出たあと、彼に謝りに行くと、「チーフだから当たり前だよ」と、たどたどしい日本語で言い、「ドンマイ」といった感じでウインクした。僕はその場で深々と頭を下げた。

テレビの美術制作の仕事をしていたとき、最初の何年かはボーナスが出なかった。やっと会社の経営が軌道に乗り、初めてボーナスが支給されることになった。僕の待遇はアルバイトだったので、ボーナスはナシということだった。

社員は五人で、ボーナスがもらえないのは僕のみ。密かに落ち込んでいると、先輩が僕に声をかけてきた。

「お前、ちょっと来い」と仕事場の外に連れて行かれる。気づかないうちに何かミスをやらかして怒られるのかと身構えながらついていくと、先輩が茶封筒をジャケットのポケットから取り出す。「現金支給だったんだ」と、それがボーナスが入っている袋だということを教えてくれた。「一人一律二十万だってさ」と言ってから、一万円札をその場で数えはじめ、十万円をポンと僕に渡した。

「お前、よくやってるからさ、それやるよ」と先輩は笑って言った。何度も断ったが、最後は僕のポケットに突っ込んできた。

あれから二十年以上経った。二十年経っても、僕はあの日のことをしっかり憶えている。あの出来事がなかったら、最後の踏ん張りが利かず、早々に辞めてしまっていたと言い切れる。そしてつづけていなかったら、テレビ業界の小説を書くことも、そのチャンスもなかった。

先週久しぶりにその先輩に会って、改めてお礼を言うと、「じゃあ、ここは奢ってもらうか～」と笑っていた。

僕はどの分野においても、胸を張れるほどの才能はないが、人に出会う才能だけはある。

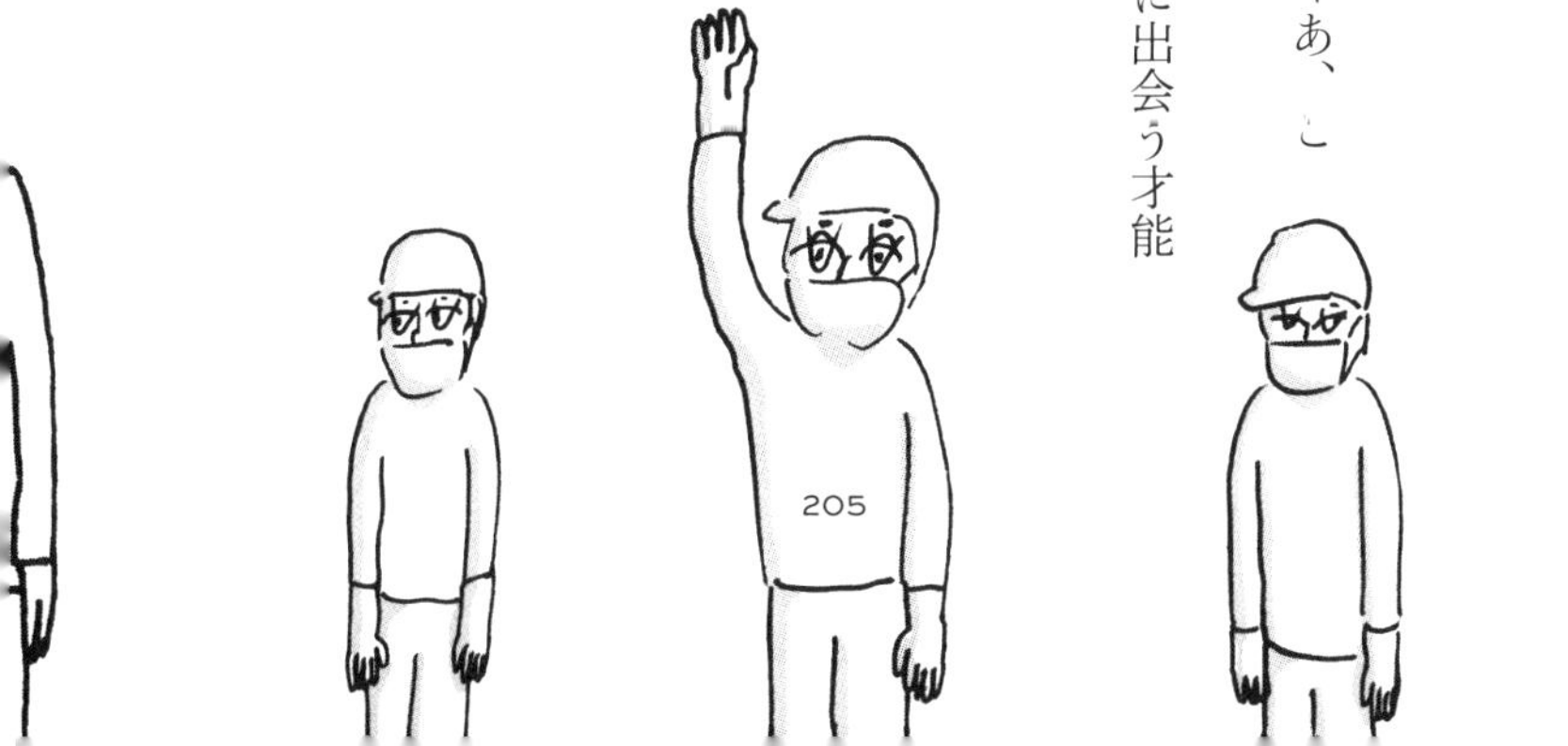

「また……ね」

同い年の知人がまた一人東京を去った。離婚と親の介護が主な理由だが「もう東京は疲れた」というのが本音だと、新幹線に乗る直前に彼は教えてくれた。品川駅の改札まで彼を見送ると「名古屋なんてすぐだから、遊びに来いよ」と彼は笑う。なかなか会えなくなるな、と僕が言うと「だからテキトーに遊びに来いって」と彼はおどけた。

彼を見送ってから、品川駅のカフェで仕事を片付けていたら、改札のところでドラマみたいに抱き合って、名残を惜しむ若いカップルがいた。声は聞こえない。ただ旅立つほうの彼女は、何度も涙を拭っていた。遠距離になるのだろうか。とにかく今生の別れのような情熱に、思わず仕事の手が止まってしまった。

　僕が中学生だった一時期、父は大阪で単身赴任をしていた。中学一年生の夏休み、妹と母の三人で、父が暮らす大阪に遊びに行った。

　父はとにかくマメな人で、僕たちを大阪のどこへ案内するか、一生懸命、予定を立てていた。大阪城に、県境をまたいで夏の高校野球真っ盛りの甲子園球場、餃子の王将に心斎橋近くのたこ焼き屋と、これでもかと観光名所に連れて行ってくれた。妹と一緒に食べた、甲子園のかちわり氷の冷たさは、いまでも忘れられない。

　二泊三日くらいだったと思うが、時間はあっという間に過ぎ去り、帰りの日を迎える。父はわざわざ新大阪駅まで、僕ら三人を見送ってくれた。新幹線に乗り込んで窓側だった僕が、ホームで大げさに手を振る父のことを茶化す。妹も父の手を振るマネを大げさにして、ケラケラと笑っていた。

「お母さん、見て！」と僕は、窓の向こうで大きく手を振る父を指差しながら、母のほうを見た。すると母は昔の映画のワンシーンみたいに両手で顔を覆って大泣きしている。ホームに目をやると、さっきまでおどけていた父も、ポロポロと涙をこぼしていた。まだ小学生だった妹も「ううう……」と泣き出す。何がどうなっているのか、よくわからないまま、僕もおいおいと泣いてしまった。

それでも新幹線は無情にも動き出す。父が口の動きだけで「また……ね」と伝える。母は顔を覆ったままで、僕が慌てて「またね」と声に出す。あっという間にホームにいた父の姿は見えなくなり、僕と妹と母だけになった。妹が、泣き止まない母の手を握り、「帰ったら電話しようね」とつぶやいている。母は「ウンウン」と妹を抱きしめ、鼻をすすった。

品川駅の改札口で、さっきまで抱き合っていたふたりは、改札を挟んでまだ手を振っている。僕は新大阪駅のホームで父と別れたあのときのことを思い出していた。改札を入った若い女性は、名残惜しそうに振り返って、小さくジャンプをしながらもう一度手を振る。若い男も背伸びをして、何度も何度も手を振り返していた。

そのとき、さっき見送ったばかりの知人から電話がかかってきた。慌てて出ると「いろいろさ、ありがとうな」とだけ彼は言った。

世の中はどんどん便利になっていく。別れを惜しんでも、すぐに連絡が取れる。それでも人間はちゃんと面倒くさくて、ちゃんと誰かと繋がりたくて、今日も生きている。

愛と忘却の日々

昨日は知り合いの女性の三回忌だった。頭の中にずっとそのことはありつつ、僕は相変わらず、新宿のルノアールで打ち合わせをして、そのあと、渋谷センター街のルノアールで別の打ち合わせをするといった日常を送っていた。

打ち合わせと打ち合わせの合間に、何気なくSNSのタイムラインを追っていたら、それはそれはいかがわしい動画が大量に流れてきた。別にエッチな動画ではない。エッチな動画のほうが、どれだけマシだったかわからない。

流れてきたのは、若者が回転寿司店でいたずらをしていたり、マンションの受水槽で男が泳いでいたり、痴漢を捕えたりする実況ライブの動画だった。やらせでなく、本当にやっているのかどうか疑わしいほど、ひどくて怪しい動画で、気持ちがささくれ立ってしまい、すぐに見るのをやめた。

そして改めて、あっという間に三回忌を迎えた知り合いが深夜のタクシーの中で、ポツリとつぶやいた言葉を思い出した。

「この世界ってさ、ロマンチックなことが少なすぎるんだよ」

彼女とは一度しか会うことはなかったが、メールはずいぶん長い期間、やりとりしていた。先方がどう思っていたかは、いまになってはわからないが、こちらとしては相当気が合う女性だった。ただ、こちらにも向こうにも、諸事情が諸々《もろもろ》てんこ盛りで、簡単にいろいろと深まるわけにはいかない関係だった。

僕の小説の感想をＳＮＳのダイレクトメッセージで送ってきたのが、彼女とやりとりするようになったきっかけだった。

「そのうち、ご飯でも行きましょう」

そうわかりやすく誘ったのは僕のほうだ。

気張って、一度も行ったことのない、西麻布の高めの鮨屋を予約した。緊張のあまり、テレビ局のディレクターの友人も誘ってしまった。同じくテレビの仕事をしていた彼女が、明日は撮影があるというので、その夜は一次会で解散することにして、中目黒までタクシーで送った。

「じゃあ、また」

そう言って別れて、たった三週間で彼女は亡くなってしまう。彼女の訃報を知ったのは、Ｙａｈｏｏ！ニュースでだった。持病があるとは知っていたが、あまりに急すぎて、いまでも実感がイマイチ湧かない。

彼女の「この世界ってさ、ロマンチックなことが少なすぎるんだよ」というつぶやきを、そのときの僕はただぼんやり聞いていただけだったけれど、大雑把で心ない出来事を目にするたび、その言葉を思い出すようになった。

彼女は最後の夜、「実は小説を書いているんだ」と教えてくれた。「大学の同級生が編集者をやっているから送ってみたの」と。その原稿がどうなったのか、わからない。彼女の小説が一冊の本にまとまることはなかった。

「誰に向けて書いているの？」

あの夜、彼女は僕に尋ねた。「誰に向けてかなあ……よくわからない」なんて答えた気がするが、それはいま思うと嘘だ。

人生のどこかのタイミングですれ違って、もう会うことのない人たちに向けて、僕は書いている気がする。いや、出会うことのなかった人たちに向けて書いているのかもしれない。わからない。彼女とそんな話を、もっとたくさんしたかった。

初出

週刊新潮二〇二三年二月二三日号から
二〇二四年二月二二日号より精選
加筆修正を施しました。

大橋裕之マンガ
「おっぱいブザー」

「あの日の燃え殻 その1」

「あの日の燃え殻 その2」

「あの日の燃え殻 その3」は描下ろしです。

愛《あい》と忘却《ぼうきゃく》の日々《ひび》

発行　二〇二四年九月二五日

著者　燃《も》え殻《がら》

発行者　佐藤隆信
発行所　株式会社　新潮社
〒一六二―八七一一
東京都新宿区矢来町七一番地
電話　編集部〇三（三二六六）五四一一
　　　読者係〇三（三二六六）五一一一
https://www.shinchosha.co.jp

印刷所　大日本印刷株式会社
製本所　大口製本印刷株式会社

乱丁・落丁本は、ご面倒ですが小社読者係宛お送りください。
送料小社負担にてお取替えいたします。
価格はカバーに表示してあります。

 ISBN978-4-10-351015-4 C0095

燃え殻の本

新潮社刊

『それでも日々はつづくから』

これはもうズルズルと行けるところまで、やってみるしかない。「第56回造本装幀コンクール」で日本印刷産業連合会会長賞に輝いた、週刊新潮連載の人気エッセイ集。

『ブルー ハワイ』

あなたとわたしだけの正解、人はそれを「愛」と呼ぶのかもしれない。「週刊新潮はこの連載から読む」という中毒者、増殖中。読者渇望の人気エッセイ集、第二弾。

『ボクたちはみんな大人になれなかった』

彼女は人生でたった一人だけ、自分より好きになった女性だった。過去と現在がつながる――森山未來・伊藤沙莉主演、Netflixで映画化された、鮮烈の小説家デビュー作。

『これはただの夏』

「わたしは、いつもひとりだったよ」。ボクは誰かと暮らしていけるのだろうか。大人になれなかったボクの、ひと夏のときめきとバグ……待望の小説第二弾。

『すべて忘れてしまうから』

人生のほとんどの時間を「ままならない」で過ごしてきた。良いことも悪いことも、そのうち忘れてしまうから。阿部寛主演でDisney+でドラマ化された、著者初のエッセイ集。

『夢に迷ってタクシーを呼んだ』

なくしかけた記憶のカケラは、いつもすこし滑稽で、かなり愛おしい。日常を生きていく淋しさと心もとなさにそっと寄り添うエッセイ集。文庫特典「巣ごもり読書日記」収録。